신춘문예 당선시집
1995

문학세계사

'95

김지연 김혜령 박미란 윤을식 윤지영 이병률
이은옥 이혜자 장경복

✱ 차 례

윤지영 ● 중앙일보

이병률 ● 한국일보

이은옥 ● 경향신문

이혜자 ● 매일신문

장경복 ● 서울신문

金芝蓮 **김지연**

1967년 인천 출생.
1986년 신성여고 졸업.
1990년 제주대학교 국어국문학과 졸업.
1995년 동아일보 신춘문예 시 당선.
서울시 강남구 개포동 주공아파트 117동 504호
Tel : (02)577−0545

● 동아일보
이런 세상 어떠세요

이런 세상 어떠세요

날이 찌뿌둥하군요.
할 수 없어요, 늘 같은 주말로 하죠.
같은 시간에 일어나
같은 사람과
같은 반찬으로 밥을 먹어야겠어요.
외출은 삼가세요.
바깥 날씨쯤 잊어버려요.
당신의 영원한 TV가 다채로운 재방송을
준비하고 있으니까요.
(시청률에 항상 주의해주세요.)
채널과 채널 사이 잡음은 신경 쓰지 마세요.
다만 집 앞을 파대는 굴착기 소리에
심장 박동을 맞춰주세요.
곧 따끈한 아스팔트로 포장해 드릴게요.
잠깐, 채널을 바꾸지 마…세…

질퍽하고 부드러운 진흙바닥 위에
화면 가득 입을 쩌억 벌린 짱뚱어 두 마리
먹고 사는 입이 크면 그뿐
주먹도

김지연 *11*

피도
눈물도 없이
고개 꺾고 물러나네
먹고
사랑하고
천국 같은 진흙에 뒹굴다
물이 들면 파아랗게 뛰어올라
하늘에 젖는 짱뚱어 세상.
(아! 한 가지 아쉬운 건 그곳엔
TV가 안 나온대요. 그래도
혹시 모르니 안테나 잊지 마세요.)

집

1

어머니, 돌아오세요. 거긴 아니에요.
그 금을 넘어가면 세상이지요. 거기엔
어머니의 집이 없어요.
채송화 까만 꽃씨가 툭툭 벌어지는 마당 한가운데
우물은 말라 아무 것도 비추지 않아요.
어머니 배는 왜 자꾸 불러오지요?
아가, 기다려봐라. 아홉 달 후엔 이 에미가
커다란 집을 하나 낳아주마.
대문을 모두 닫아 걸었어요. 우린 이제 어디로 나가지요
아니 어디로 들어가야 하는 건가요
대문의 둥근 고리에서 푸른 잎이 자라나네요
손을 잡아주세요.
발가락이 땅 밑으로 들어가 물을 찾고 있어요
어머니, 배는 왜 자꾸 불러오지요?
자장가를 부르는 어머니의 손가락들이
툭툭 끊어져 어디로 가나요
손을 잡아주세요.
치맛자락이라도 잡을테니 떼어놓을 생각일랑 마세요
치마폭의 감들이 마당에 떨어져

모두 사내아이가 되어 소리치기 시작해요
시끄러워요 태양이 멈추질 않아요
제게 사방이 막힌 방 한 칸 주세요

2
아파트 입구엔 반 평짜리 터
신기료 장수의 투명하게 닫힌 문.
'열낙처는 노인정으로'
유리창에 붙어 펄럭이지도 못한다.

3
양은그릇이 던져지고 싸구려 유리컵이 깨지는
소리에 맞서 창을 두드려대던 별빛
신열 오른 어깨를 안아주며
누구나 자라는 법이란다
나지막히 옛이야기 들려주시던 할아버지의
곡조 있는 목소리
여우가 우는 산골을 지나
도깨비 나라가 나오면
아침이 흰 머리채를 지붕마다 드리우고

뜰에는 불꽃처럼
꽃잎처럼 날리는 연둣빛 애벌레들을 품은
내 살던 옛집

4

알아요.
훌훌 털리는 모래알갱이들이 아직
살 속에 박혀 까실거려요.
곧, 떠날 거예요.
신 벗어들어 마저 털어내면
버스에 오를 거예요
이제 내 집을 지으러 돌아가요.

종이배

사실은, 나도 그래요.
장마가 질 때면 종이배를 접지요.
작은 배들이 주머니에 가득 있다고 생각해봐요.
별을 가진 것만큼이나 유쾌해지지요.
때를 기다리는 게 중요해요.
어둠이 전리품처럼 빗물을 몰고 뜰을 가로질러
부엌으로 들어올 때까지
빗물에 묻어온 흙덩이가 바닥에 가라앉는 걸 지켜보세요.
부드럽게 물 속을 떠다니다 소리 없이
자리 찾는 법을 알지요.
찰랑이는 어둠이 무릎에 찰 때까지 기다려요.
그때쯤이면 해묵은 찬장이며 그릇들이 일제히
떠오르지요.
그들이 원하는 건 단지 그 몫의 이름뿐이니 걱정 말아요.
비로소 이름을 얻은 그들의 노래는
담벼락의 가지 뻗은 금의 틈새마다 박혀
꽃이 되지요.
이젠 배들을 풀어놓아요.
밤이 꾸는 꿈은 유리구슬처럼 반짝이기만 할 뿐
문지방에 넘어지면 산산이

빛나는 사금파리에 지나지 않아요.
그러니 마저 놓아주세요.
아직 길은 멀기만 한데 젖은 배는
자꾸 머뭇거리는군요.
하지만 보세요,
가라앉는 배의 동그란 매듭을.

섬

나에겐 섬이 있었네.
언제나 수평선으로 끝나는 시야와
별이 가득한 밤으로 시작하는 섬.
섬은 끝없이 새들을 날려 보내지만 올리브 잎을
물고 돌아오는 새는 없었다네.
섬에서 새는 높이 날고 맘 깊은 노래를 했는데
이제는 생각에 잠긴 듯 잠겨만 있다네.

내 안에 섬이 있네.
언덕을 오를 때마다 푸르게 출렁이는 섬.
돌아오지 않는 새 대신 알을 낳는 섬.
꿈속에서 빗소리처럼 자라나는
섬.

용 기

그녀와 내가 서로 두려워하는 건
서로의 상처에 익숙하지 않기 때문이다.
어딘가 숨겨진 무기가 나도 혹은
그녀도 모르는 사이에 서로를 다치게 할지 모르기 때문이다.
내 주위에 숨긴 쥐덫과
깊이를 알 수 없는 그녀의 조그만 눈이
날카로운 발톱일지
백신이 발견되지 않은 병균일지
더욱 모르는 불안을 번식하게 한다.
그래서 서로의 자리에서 한 발 내디디지도 못하고
손바닥만한 창으로 염탐하며 이렇게
늙어가고 있다.
결코 입지 않을지도 모르는 해악으로 인해
등돌리고 앉아만 있다.

시 장

푸릇한 파 두어 뿌리와
간고등어를 사러 시장엘 가곤 했다.
한 손에 동전이 잘랑이는 손지갑을
다른 손엔 내 손을 잡고
엄마는 저녁놀처럼 소곤대며 한가롭게 걸었다.
대문과 대문이 마주보는 구불구불한 좁은 길로
내리내리 가야 하는 시장 어귀엔
물이 마른 내가 있고 배고픈 다리가 마법의 문처럼 누워 있
었다.
돌아오는 길은 기름 종이를 덮어놓은 것처럼
한 겹 어스름이 내려 있고
타박거리는 발소리가 초저녁 별이 되어 떠올랐다.

백화점의 싱싱한 포장 속에는
별이 들어갈 자리가 없다.

갈 길 먼 곳에서 이정표를 찾은 느낌

신춘문예 응모 원고를 보내면서 한두 번 당선 소감을 써보지 않은 사람이 있을까. 곧 그 감동은 사라지지만.

막상 글이 써지지 않는 게 감격 때문인지 실감이 나지 않기 때문인지 잘 모르겠다.

지난해는 우리 가족에게 조금은 힘들고 또 그만큼 성장하는 기간이었다. 난 비로소 '살아가는' 것이 어떤 것인지 눈뜨기 시작했다. 많은 사람들을 만났고 내 작은 방에서 한 발씩 세상으로 나가는 계기가 되었다.

그러다 문득 알게 되었다. 이제까지 나는 세상에 대해 화가 나 있다고 생각했는데 사실은 나에 대한 것이라는 걸…….

그것을 알고는 주위에 보다 자신 있게 '나'를 보여줄 수 있게 되었다. 내가 결코 포기할 수 없고 나를 놔주지도 않는 내 꿈에 대해 당당하게 마주할 수 있게 되었다. 갈 길 먼 곳에서 이정표를 찾은 기분이다.

부족한 글을 읽어주신 심사위원님들께 먼저 깊은 감사를 드린다.

언제나 그저 믿어주시기만 하는 부모님께, 낯선 서울 생활에서 힘이 되어 준 이모와 어린 사촌들에게 무어라 말할 수 있을까.

언제나 꿈꾸라고 가르쳐주신 선생님, 선배, 내 사랑하는 친구들에게 감사하는 마음으로 이 소식을 전하고 싶다.

동화적 기법으로 맛깔진 현실 풍자

　김지연 씨의 「이런 세상 어떠세요」 외 3편의 작품들과 이화경 씨의 「새」 외 4편의 작품은 재능에 있어서 비슷한 수준을 보여주고 있었으며, 그 경향도 크게 보면 비슷한 것이었다. 그러나 김씨의 것들이 차분하고 분명하게 자신의 세계를 개척해 나가고 있다면, 이씨의 것들은 너무 멋을 부린 나머지 중심이 흔들리는 느낌을 주었다. 시적 애매모호성은 사물과 현상을 구체적으로 묘사하는 과정 속에서 자연스럽게 형성되는 것이지, 시인에 의해 의도적으로 난해하게 흐려지는 이미지의 혼란이 아니다.

　결국 당선작의 영예에 오른 김씨의 「이런 세상 어떠세요」는 반어적·동화적인 기법으로 현실을 풍자하고 있는 맛깔스러운 작품이다. 얼핏 소품의 인상을 주기도 하지만, 이 작자의 다른 3편도 골고루 일정한 시적 품격을 확보하고 있어서, 어느 것을 당선작으로 해도 무방해 보였다. 특히 어린이를 시적 화자로 하고 있다든가, 어린이 문체를 훈련하고 있는 듯한 세계는 신선하다. 이러한 신선성을 앞으로 어떻게 줄기차게 밀고 나가면서 독자적인 영역을 꾸며낼 것인가 하는 문제가, 김씨의 시인으로서의 앞날을 판가름해 줄 것이다.

　이들과는 사뭇 다른 체질의 임한채 씨에 대해서도 약간의 언급을 해두겠다. 「군산일기」 외 2편을 보낸 임씨의 장점은 무엇보다 넘치는 힘이다. 힘은 그것만으로도 시에서 또한 아름다움이다. 특히 가난한 가족들을 사랑과 연민으로 감싸안는 「보리밭」과 같은 작품은 현실비판을 하면서도 시적 자아를 잃지 않는 건강한 몸짓이 믿음직스럽다. 보다 내밀묘사에 관심을 가짐으로써 자신의 표현에 설득력을 얹는 작업을 해주기 바란다. 문학은 현실을 다루고 비판하되, 그것과는 또 다른 섬세한 현실이다.　　　심사위원 : 申庚林 · 金柱演

김혜령

1968년 부산 출생.
부산 외국어대학 인도어과 졸업.
1995년 부산일보 신춘문예 시 당선.
부산시 남구 광안1동 99-21 14/3
Tel : (051)753-4334

꿈속의 타클라마칸

사막, 능선을 타고 날마다 달린다 끝없는 사막 그 지평선이 사방으로 펼쳐지고 사풍에 휩쓸리는 모래산과 굴러다니는 언덕 따라 끝에서 끝으로 넘어진다 넘어지며 운다 모랫바람에 눈을 씻고 일어나면 표지판 없는 사막 위로 햇빛만 굽이 꽂히고 그 빛 속을 춤추는 모래 아지랑이들, 나는 어디쯤 서 있는 것일까

다시 꿈의 관절을 열고 들어가면 끝없이 펼쳐진 사막이다 관절 구석 구석 끼여 있는 모래먼지 밤새 씻어내고 닦아내면 어디에선가 물기 젖은 뼈마디 하나쯤 발견할 수 있을까 네가 네 삶을 우울하게 견디고 있다는 것을 발견하는 일, 이 무서운 사막의 출구를 찾고 싶어

기막히게 나는 살아 있다 더운 모래 밥을 먹고 사풍에 실려 오는 모래산이나 모래언덕을 피해 내달려도 출구는 보이지 않는다 뜨거운 모래가 식어가는 언덕 그 어둠 속에 뼈를 식히며 내 관절의 푸른 물기로 생겨난 사막의 길, 보고 싶어, 더운 모래바람 너머 출렁이는 내 삶의 푸른 실핏줄을

몸 깊이 언덕을 덮을 때 달아나는 꿈속의 타클라마칸.

아직도 희망이라 말하고 싶은,

바람이 커튼을 밀자 잠시 비에 젖는 길이 보인다 치통, 입안 가득 고인다 꿈을 꾸었을까 사막 위로 손금처럼 깨끗한 강물이 흘렀다 안개 한 자락씩 맑고 투명한 물이 되어가던, 물 가장 깊은 곳에서 두 손 가득 등불 켜보이던

새벽, 희붐하게 밝아오는 강길로 사랑니 자란다 아픔 맺힌 자리에 돌아 누웠다 일어서는 새벽별의 자잘한 사랑 이야기를 들으며 마음의 밑바닥에 앉았다 흙내 말갛게 밀려오고 가늘어진 빗줄기 끝으로 생채기 얼마나 더 굳어 저 메마른 사막 위에 물길을 내었는지 그렇게 오랜 발 헛디딤으로 반짝이는 뿌리 내렸는지 새벽별 뜬 입안 저쪽 그늘진 자리 힘들게 생애 내리는

날 밝는다 강둑을 걸으며 이젠 길 걷기가 쉬울 것이라고 앞선 바람이 말한다 밤내 치통이 스민 자리에 비에 젖은 집들이 총총히 등 빛을 켠다 들여다보지 않아도 돌아보지 않아도 네가 보인다 새벽 들녘을 깨우고 마을의 낡은 불빛 그 주위를 어룽어룽 눈물지어 흐트려 놓는, 아직도 희망이라 말하고 싶은,

여름 도서관에서

그때는 황폐해진 목구멍까지 늘 감기가 들락거렸다 벚꽃 피
는 봄내 작은 이마 위로 열꽃 피우며 번져가던 바이러스 그 어
지러운 감염의 시절들을 누군들 제 기억 속에 알맞게 품고 있
지 않겠는가 아슬아슬한 돌무덤 그 아래를 세차게 발길질하고
싶었다 나의 대학 생각하면 지금도 와르르 무너져 내리는 사
랑, 그 지겨운 이십대 초반의 눈물들은 전공만큼 아득했다 언
어가 건네주는 빛 속에서 미래는 잠시 가까이 와 주기도 했고
내가 언제 그 곁에 있는 것도 같았으나 이상과 현실 사이의 팽
팽한 거리는 최루탄의 매운 향기만큼 빠르게 그 빛과 나를 흔
들어 놓았다 모든 것이 아득했다 창문 꼭꼭 닫힌 도서관에서
덥고 가난한 나라의 낯선 경전을 외며 불안히 서성였던 내 감
기만큼 초조했던 호흡들.

누군들 힘들지 않았을까 어느 거리 어느 골목을 만날 때마다
그렇게 내 기억의 어린 뿌리들을 흔들어 깨우며 하나씩 쌓아올
린 돌들을 발길질하고 싶었다 헛것으로도 와르르 와르르 무너
져 내리는 시절의 첫사랑, 그 아득한 무덤들을

나무를 뚫고 나온 가지와 잎은 얼마나 오랫동안 아물어 저
짙고 단정한 손 흔드는가 상처 난 무덤들로부터 나무의 연한
발목까지 길을 만드는 무더운 여름 도서관.

쓸쓸한 本籍

아궁이 가득한 냉기
오래 불들입니다
앞마당 감나무 잎 다 지고
멀리서 돌아온 마른 잎 한 장
야윈 잔등 세우며 사랑채 쪽으로
바람붑니다
산 언덕 두모길
생각하면
긴긴 해 걸어오던 흙먼지 피던 시절
그리움의 깊이로 넘실거리던
남해 앵강 지금
방파제 끝물까지 겨울이 들고
쉬 따뜻해오지 않는 아랫목에
기억에 세워진 호롱등불 하나하나 몸 녹이는데
첫 겨울 보내시는 할아버지
뒷 선산 그곳은 춥지 않으십니까
고향땅 밟으며 선산길 가시던
즐거운 상여노랫소리
이곳 아직도 대청마루
낡은 가족사진 빈집을 지키고

고깃배 만드시던 망치, 굵은 망칫소리
당신의 크신 손마디의 기억들이
바닷바람에 녹슬지 않고
기둥을 받칩니다

며칠 동안 아궁이에 불을 때고
등불 밝히는 일만 했습니다
정원의 나무들 언 볼을 비비며 이제사 웃습니다
또다시 키워야 할 우리들의 정원입니다
즐거운.

새

햇빛 올올이 짠 투명한 문을 열고 들어가 긴 의자를 놓는다
이야기 마디로 조용히 걸어오는 야윈 새 한 마리,
밤새 내 꿈을 베어먹으며
제 이름을 새긴다

새로 말을 배우기 시작하는 아픈 사람의 손짓처럼 온 마디를
파랗게 물들이며 나는 혀끝에 날개를 매달았다 입술의 달싹거
림, 해독할 수 없는 말들이 그리움으로 통하는 문 앞에서 서투
른 암호를 대었다 나는 왜 입술의 가벼움으로 쉽게─새애─
말하지 못하는가 새는 제 이름의 아름다움을 내 날개 밑에 새
겨주고 떠났다 나는 늘 너의 이름을 부르며 비로 바람으로 홀
씨로 떠돌았다 기다림을 넣어둔 날갯죽지의 파르락거림으로 네
멍울진 영혼을 만진다

햇빛 한 올씩 짠 문을 열고 들어가 긴 의자를 준비하는 아침
어디 먼 길 걷다 돌아왔는지
새는 목마른 부리를 내 날개 속으로 집어넣는다
물진 가슴 천천히 따뜻해진다.

등꽃 피는 마을을 찾아서

한 칸 누울 자리, 그 비좁은 공기마저 버리고 네가 떠나갔을 땅, 어디 짐 풀었니 지붕도 없는 외진 자리 다시 낯설게 키워 갈 꿈밭에 먼저 차가워지는 등, 새하얀 등꽃, 고독한 울음 삼키며 천지 피는구나 노숙의 젖은 꿈 펴서 네 떠나온 힘으로 지피는 방, 옮겨간 그곳 따뜻하니 기다림 깊은 마을에 밤새 비가 내리고 창가마다 적막 굵어져도 야위어가는 것은 우리들 청춘 아니다 긴 빗소리 접어 홀로 빗장 두드리다 돌아서는 편지처럼 그리움의 길목 발목 다 젖어도 꿈꾸는 일 아직 남아 모데미풀, 깽깽이풀, 매발톱꽃, 노랑무늬붓꽃 어디선가 어둠의 뿌리에 등을 밝히고 네 발자욱 따라간 낡은 가방 속 수많은 밑줄친 꿈들, 몸살 앓는 통증의 새벽에 일어나 환히 낯을 씻는다.

등꽃 피는 마을을 꿈꾼다

어둠 속에 오래 앉아 있었다. 홀로 걷다 온 바람의 찬 얼굴로 곁에 가만 다가와 앉는 詩. 오늘은 그가 떨고 있다. 지금 느낄 수 있는 것은 이러한 떨림 속에 우리가 앉아 있다는 것뿐이다.

아무것도 할 수 없게 만드는 기다림 속에서 당선소식을 들었다. 어둠이 던져주는 빛을 끝까지 따라가 보기도 전에 쉽게 절망하며 울었다. 사소함에 늘 뿌리끝까지 흔들렸지만 그때마다 詩는 내 존재의 아픔을 다독거려 주었다. 나는 아직도 희망이라 말하고 싶은, 등꽃 피는 마을을 꿈꾼다. 그곳은 정말 꿈에서나 물어 가 보는 곳일지 몰라도 그 아름다움 속에 오래 서 있고 싶다.

詩를 통해 더 깊이 절망하고 사랑하는 일만 남았다. 어디선가 눈이 내리고 눈은 진흙처럼 누워 일기를 쓸 것이다. 그 아픔을 다 지우며 어디선가 또다시 눈이 내리겠지. 길, 그 푸르름에 눈을 베이며.

말없이 지켜봐 주시는 부모님과 나의 형제 그리고 가만 불러보면 가슴 가득 물 고여드는 이름들께 이 고마움을 전한다. 또한 詩의 길을 열어주신 하현식 선생님과 부족한 詩를 선해주신 심사위원님, 부산일보사에도 마음을 다해 감사를 드린다.

건강한 시정신

일단 예심을 거쳐 가려뽑은 20여 편 중에서 다시 엄선하여 종심에 올린 작품은 「각시고동」, 「분만실에서」, 「노을의 집」, 「꿈 속의 타클라마칸」, 「어머니의 밭」 등 다섯 편이었다. 치열한 경쟁을 뚫은 작품답게 그 우열을 가리기가 쉽지 않았으나, 「분만실에서」는 채 다듬어지지 못한 거친 호흡 때문에, 「노을의 집」은 낡고 여린 감상의 노출이 흠이 되어 먼저 탈락하였다.

남아 겨룬 세 작품을 놓고 선자들은 고심끝에 다음과 같은 결론을 얻어 「꿈속의 타클라마칸」을 당선작으로 결정하기에 이르렀다.

먼저 「각시고동」은 작품으로는 좋은 수준에 있었으나 긴장과 간결이 지나쳐 너무 단선적이고 소품적이라는 점이 당선작으로 미흡하다는 것, 다음 「어머니의 밭」은 고뇌와 지성을 갖춘 작중 화자의 내면과 토속적 뿌리의식에 사는 모성을 오버랩시킨 구도는 나무랄 데가 없으나 상대적으로 압축력이 약해 다소 느슨하게 풀어진 느낌이 있다는 것이 지적되었던 것이다.

이 모든 것을 참작해 당선작이 된 「꿈속의 타클라마칸」은 그 시풍이 우선 약삭빠르거나 구질스럽지 않고 당당하면서도 건강하다. 그 어떤 삶의 무잡성이나 절망에도 불구하고 성급한 좌절과 난파에 타협하려는 기색은 그 어디에도 없다.

실존의 냄새를 짙게 풍기면서도 역설적 투지를 무리없이 노래하는 건강한 시정신은 그만큼 이 시인의 경지가 예사롭지 않음을 돋보이게 한다. 이는 그의 다른 작품들이 주는 시적 수준까지를 참작하여 하는 선자들의 뒷말임을 밝히며, 앞으로 좋은 작품 많이 써주길 바란다는 말을 덧붙인다.

심사위원 : 김석규 · 김창근

박미란

1964년 강원도 출생.
1986년 계명대 간호대학 졸업.
〈시와 반시〉 선율문학 동인.
현재 계명대 동산의료원 근무.
1995년 조선일보 신춘문예 시 당선.
대구시 달서구 본리동 110 성당주공 130−408호
Tel : (053)621−0738

● 조선일보
목재소에서

목재소에서

고향을 그리는 생목들의 짙은 향내
마당 가득 흩어지면
가슴 속 겹겹이 쌓인 그리움의 나이테
사방으로 나뒹그라진다

신새벽,
새떼들의 향그런 속살거림도
가지 끝 팔랑대던 잎새도 먼 곳을 향해 날아갔다
잠 덜 깬 나무들의 이마마다 대못이 박히고
날카로운 톱날 심장을 물어뜯을 때
하얗게 일어서는 생목의 목쉰 울음

꿈 속 깊이 더듬어 보아도
정말 우린 너무 멀리 왔어

눈물처럼
말갛게 목숨 비워 몇 밤을 지새면
누군가 내 몸을 기억하라고 달아놓은 꼬리표
날마다 가벼워져도

먼 하늘 그대,
초록으로 발돋움하는 소리 들릴 때
둥근 목숨 천천히 밀어올리며
잘려지는 노을
어둠에도 눈이 부시다

상 처

팔목의 상처가 화끈거렸다
몇 마리 물오른 고등어를 구우려다
고기처럼 꿈틀대는 상처,
가스레인지 속 고등어가 파삭파삭
타오를 동안 내 팔목의 상처도 고등어
등처럼 부풀어오르고 그들의 멀어지는 눈빛
일제히 나를 향하여 잠시 비웃는 듯했다

〈우리도 등 푸르른 날의 기쁨과
햇살 투명히 물결 이루던 순간들 있었어〉

고등어 적당히 구워져
몇 개의 뼈대만 남기고 사라졌다 그런데
팔목의 상처는 가슴께까지 부풀어올라
미세한 통증을 더하고
흔적을 남기며 소리를 남기며
고스란히 누워 있는 고등어 한 마리

그 이후 나는 내 속에 어항치며 사는
고등어 한 마리 키우게 되었다

가끔씩 팔목의 지워지지 않는 상처와
고등어 낮게 들려주는 바다,
파돗소리에 귀 열어가며

입 안 가득 비를 몰고 다니며

비오는 날엔
입 안 가득 비를 몰고 다닌다
하늘에서 내리는 비 우산으로 받지 않고
입 안으로 가득 받아 우물거린다
거리에서 거리로
어린 나무에서 다른 나무에게로 종일
헤매며 비슬비슬 떠돌다가 쾅,
눈 먼 나무에 온몸이 튕겨져 나가면
와와와와 나무 여린 잎새마다
제각기 무지개 꿈꾸며 구르던 물방울
쫑알거리던 날의 잎새를 굴러다니던 물방울,
입 안 가득 다시 모여들고……

때로 어떤 것들은 풀썩, 낮은 땅에
머리를 내다꽂기는 하여도
비오는 날엔
입 안 가득 비를 몰고 다닌다
뿌우뿌우 하늘 그리운 곳 향해
입 안 가득 몰린 비,
나무 무게만큼도 늘어나지 않는 가슴으로

되날리면 초록을 구르는 물방울방울
물빛 고운 무지개
촉촉히 맑은 하늘 비껴 들어선다

새벽강

미세한 신경조직 일체가
남보다 먼저 눈뜨는 날
소리도 없이 겨울강이 풀리고 있었다
그 겨울 내내
모딜리아니 그림에서 벗어날 수 없었던 것은
온통 화면을 압도하는
알 수 없는 인물들의 여윈 목과
내 유약한 사고와의 일치성 때문이었으리라

강물이 풀릴 즈음,
나무들이 숨죽이며 바람의
떨림 속을 빠져나와 이른 연분
하나씩 강물에 적셔보며 온몸을 흔들었다
좀체 일찍 일어나지 못하는 나는
신열에 들떠 아무도
닿아보지 못한 시간의 강둑을 노저어 가며
우주보다 더 커 보이는 원고지 속을
오래 떠나지 못했다

아직도 아침은 멀었는데 쿵쿵

지맥을 두드리며
가슴마다 따스한 피톨을 옮겨 심는
이 추위 속의 온기는 무엇인가
이 설레임 속의 기다림은 무엇인가

꿈만으론 살아갈 수 없는 새벽 강가,
그래도
꿈들이 새벽의 한귀퉁이를 흔들었고
발밑 적셔오는 강물의 젖은 발자국 위로
눈 비비며 깨어나는 햇살 한 움큼
묻어 있었다

휴일은 적막하다

휴일은 적막하다
쓸쓸해서 사들고 왔다는 막내의 주황장미
휴일처럼 피었다, 지고.
부엌과 방안 이리저리 돌아다녀도
시상으로 날아오르게 할 이미지 없어
주황장미 닮았다는 이유만으로
뒹구는 당근 하나에 오래 집착하지만 결국은
그 당근 우적우적 씹어 먹는다
행여 빨간 새싹 틔우며 쑤욱쑥 자라
내 눈 찔러대면 어떡하나
고민도 키워가며

〈식탁엔 항상 바람이 분다
아니 식탁에 나앉으면
언제나 깊은 곳의 나를 읽힌다〉
이것 또한 주관을 객관화시킬 능력이 없다고
한숨자락에 나를 밀어넣는 저녁
엄마는 젖은 빨래처럼 잠들고
어항 속의 물고기는 여전히 건강하다
쓸쓸한 막내는 장미나 혹은 빨간 무우 되어 외출하고

즐거운 휴일을 외쳐대는
목쉰 가수의 노래 속,
휴일은 적막하게 저 혼자 구르고 있다

풀꽃을 위하여

바람이 불어올 때
높게 흔들리는 꽃가지의 그늘,
그 속에 뒤척이는 잔바람은
푸르고 오랜 시간의 톱을 걸어놓았습니다.
싱싱한 여름나무들은 저희 등 긁어대며
햇빛이 놀다 가는 꽃자리로 뒷걸음질하고
숨어 피는 그리움의 뒷장마다
무너져 내리는 큰 산 하나 둘……

밤새 비는 내리고
여린 풀뿌리들은 천천히 떠다니며
밤하늘에 머리를 기대어 봅니다.
끝내 잠 못들던 풀꽃,
가슴 젖는 쓸쓸함 새벽까지 쌓아보다가
무언가 짧게 툭치는 어깻소리에
투명하게 깨어나
온몸 흔들며 새벽하늘로 날아갑니다.

시의 불빛, 온 가슴으로 밀고 나가며

떼까치 자욱하게 안개처럼 흩어지던 날, 오랜 불면을 씻어주는 당선소식이 울렸고 나는 산속으로 달려갔습니다. 화려한 도시의 불빛을 지나 인적 드문 깊은 산속, 아주 작고 여린 불빛 속으로 나는 끊임없이 달려갔습니다.

멀리 보이는 산속 인가의 한 줄기 빛, 외롭고 가녀린 빛을 붙잡고 달려가면 그 불빛 어느새 사라지고 말아 눈물로 지새운 밤.

갈수록 어둠의 등뼈 굳어져 가도 그 단단한 뼛속에 나를 던져 넣으며 끝내 찾아내고야 만 단 한 줄기 빛…….

이제 그 불빛 놓치지 않고 달려가겠습니다.

동굴처럼 어둡고 습했던 날들을 버리고 정말 따슨 햇살 아래 새롭게 태어나기를 시작하며 시의 뜨거운 가슴을 힘껏 안아 보고 싶습니다.

그 동안 내 흩어지는 마음과 행동들을 붙들어 주고 위로해 주신 나를 기억하는 모든 분들과 심사위원님께 감사드립니다. 특히 자신의 일처럼 기뻐해 주신 〈시와 반시〉 가족과 강현국, 구석본, 박재열 교수님께 고마움을 전합니다.

다시 아침입니다.

언젠가 산속 깊은 곳에서 내 가슴으로 옮겨와 활활 타고 있는 불빛이 도시와 온세상의 불씨가 되고 더 큰 사랑이 되리라 믿으며 꿋꿋하게 시의 정상을 향하여 나아가겠습니다.

나무의 생애를 통한 삶의 교훈

박미란 씨의 「목재소에서」를 올해 신춘문예 시부문 당선작으로 뽑는다. 목재소의 생목들을 세밀하게 관찰하면서 깨달아가는 생명의 환희와 슬픔을 담담하게 묘사해놓고 있는 아름다운 작품이다. 이 아름다움 속에는 사물과 세계에 대한 진한 사랑이 숨어 있다. 부분적으로 너무 많이 쓰이는 상투적인 표현이 없는 것은 아니나, 전체적으로 나무의 생애를 통해 삶의 교훈을 얻어내는 알레고리적 상황제시가 신선하고, 그 앞날에 신뢰가 간다. 생목을 슬그머니 시적 자아로 만들어가는 동화적 분위기도 호감이 간다. 시인의 인생관과 언어적 표현 사이에 보다 구체적인 힘을 기른다면 좋은 시인이 될 것이다.

당선의 자리를 놓쳤으나, 趙晶 씨의 여러 작품들도 결코 당선작에 못지 않은 수준에 이르고 있었음을 밝혀둔다. 삶의 본질에 대한 시인 나름의 터득과 달관의 마음씨는 오히려 박씨의 그것을 앞서고 있는 느낌을 준다.

특히 「초봄」에 나타난 깊은 의미의 관능성, 「그날, 보이던가요?」에 숨어 있는 삶의 아픔과 겸손, 헌신의 심리는 눈물겨운 설득력을 확보하고 있다. 「밤기차, 江」과 같은 작품도 외부의 풍경에 대한 관찰과 시인 내면 사이의 심상이 자연스럽게 교환되면서 독특한 시적 공간을 형성하는 것이 흥미로웠다.

그러나 조씨의 경우, 투고작들 사이의 약간의 기복, 한 작품 속에서 표현의 일관성, 때론 너무 멋을 부린 것은 아닌가 하는 문제들이 지적되었다. 무엇보다도 삶에 대한 조씨의 깊이 있는 투시력에도 불구하고 박씨의 작품들이 가끔 거친대로 보다 힘이 있어 보인다는 점이 장점으로 평가되었다. 두 분 모두 상당한 역량을 지

니고 있다는 점에서는 함께 주목받아야 할 것이다. 다른 투고작들
은 이 두 분에 비해서 많은 차이를 갖고 있었다.

심사위원 : 黃東奎 · 金杜演

윤을식

1971년 충남 금산 출생.
추계예술대 문예창작과 3학년 재학중.
1995년 세계일보 신춘문예 시 당선.
경기도 군포시 금정동 삼익소월아파트 381동 1001호
Tel : (0343)92−9879

● 세계일보
자전거에 대하여

자전거에 대하여

두 바퀴 위에 한 사내

수평으로 나란히 전진해야 하는 바퀴들
구른다, 그때마다 살 끝에서 잘리워지는
햇살들, 같이 아파할 겨를도 없이
회생한 그림자 속에 웃음들이
쏟아진다

추억이 현실을 앞서갈 수는 없어
뒷바퀴가 따르는 만큼의 일정한 거리로
앞서가는 또 하나의 둥근 얼굴이 있어
나는 늘 그 사이 수평의 불안감으로
페달을 밟는다
수많은 이름들의 햇살을
만들고 지우며 다시 만들고
바퀴들이 나아가는 만큼
어깨를 뒤로 젖혀 자리를 옮기는
돌멩이들 가끔 그들의 이탈에 도움을
주는 것처럼……

그럴 때마다 나는
모퉁이에 다가선다
한번쯤 얄팍한 끈으로 브레이크를 잡지만
가는 몸 부대끼며 쇳소리 우는 불안을
감당할 수는 없어
아직 숙련된 멈춤을 배우지도 못했는데

두 바퀴 위에 한 사내
간혹 세 바퀴, 네 바퀴 위에 아이들
보인다 추억과 현실을 저울질하듯
위태로운 페달을 밟는다

소래 가서

늙은 할머니의 넓적한 고무동이 속
꼼지락꼼지락 바둥거리며 기어오르는
바닷게 한 마리 보인다
가는 곳 여기저기
발뒤꿈치마다 힘껏 차오르며 달라붙는
비린내 나는 기억들, 나는
알지도 못하는 낯선 곳에서
미끄러져 내린다 그리곤 또다시 시작해야 하는
동일한 반복에 힘겨워하다,
가끔 거품을 물며
딱딱하게 길들여진 등을 바닥으로 한 채
허공에 다리만 허우적거린다
껍질만 없어도, 껍질만 없어도,
일상의 무게를 견디지 못해
입안에서만 오르내리는 말들
뒤집힌 채 허우적대는 발끝의 하늘마다
울음소리 바알갛게 번져가
부서진 목선 몇 척 노을 속에 잠긴다

구두끈을 매며

늘 잔인하다는 생각을 하며
구두끈을 맨다
밤새 어두운 터널을 빠져나온
까만 끄나풀이
아침이면 더욱 작아지는
눈빛을 연다
힘겨운 눈으로 제자리에 끈을 채우면
늘 다르지 않게 조여드는 시간
바꿔야겠어……라고
중얼거린다
그럴 때마다 구두는 두 발을 들어
톡, 톡, 아침을 두드리고
매듭진 끄나풀 사이로
깃을 치는 새 한 마리
후드득― 소리내어 날아가다
안경 너머 먼 하늘 속에 박혀버리는
까만 눈, 눈, 눈,

지구본 이야기

조카 녀석 가지고 놀던 지구본이
깨지고 말았다
고사리만한 손으로
온 세계를 우습게 돌리던 아이에게
독재란……?

조카는 대한민국을 곧잘 짚어냈다
태평양도 대서양도
바다 한가운데 흐르고 있을
배 한 척까지도
금세 짚어냈다

돋보기 쓰고도 한반도조차
쉽게 찾을 수 없는 내 눈앞에
목적지를 찾지 못하고
끝없이 돌기만 하던 지구본

나는 이름 모를 낯선 곳에
자주 떨어졌다
땅이며 바다며 햇살들이 익숙치 않아

휘둥그래진 눈 속
파도가 어지럽게 출렁였다

지구본이 깨진 날
아이는 밤늦도록 울상이 되어
잠못들어 했지만
나는 속이 후련했다

가끔 내 안에도
돌과 나무들이 자랐다면
더 큰 울음으로 목메어 울었을 것을
깨어진 지구본 사이
조각난 달과 별을 간직하고 있을 것을

흐릿한 두 눈으로 비치는
아이는 여전히 슬프다

가을 산행

1
네온사인에 얼룩진 사람들
온몸 붉게 물든 잎사귀 달아
가을산을 이룬다
그 중 산 하나가 빌딩과 키를 다투어
걸어나온다
들었다 놓았다, 발 아래 쌓여가는
계절도 잊은 채 거리를 걷는 동안
네온사인에 덜미를 잡혀
좀체 일어설 줄 모르는 그림자.
바람이 불 때마다
나뭇잎 몇 장 서걱거린다
홍건히 마음 적실 나무의 밑둥치라도 찾아
떠나고 있다.

2
도둑고양이처럼 퀭한 눈빛으로
터미널에 모여든 사람들
고장난 자판기에선 줄줄줄 헛물켰던 시간들이
쏟아져나온다. 그때마다 소리없이 흘러내리는

손, 발, 머리…… 아니, 온 전신이 잘려나가고 있어.
사람들이 밀린다
뿌리를 상실했거나 가지를 잘렸거나
그도 아니면 늙은 산 하나가
먼저 간 계절 속에서
눈서리 가득 머리에 얹고
귀퉁이에 쭈그린다

   3
굴착기의 오랜 소음이 차창에 흔들린다
취기에 벌려진 입들, 잠든 사람들의
목구멍 사이를 가을 내내 휘젓고 다니던
녹슨 바람소리
모른 척, 이렇게 조금씩 알몸뚱이가 될까?
흔들리는 몸 자꾸만 쓰러지는데
벌거벗은 산허리에 안개가
쌓여간다

그림자 밟기

　지구가도는만큼의길이로자라난그림자를늘였다줄였다할수는
없는일이다자기가지닌그림자를숨기는것쯤은이미국민학교에서
다배운것이지만진정한자기의그림자를드러내는이는그리많지않
다하려하지않는다

　　1
　국민학교 삼학년이나 사학년쯤 되었을까

　한 친구가 다른 친구의 그림자를
　밟는다 술래가 된 친구는
　또 다른 친구의 그림자를…… 그러다가
　나의 그림자가 밟혔다

　지붕 밑으로, 담장 밑으로 숨어버린
　아이들의 그림자
　뚱뚱한 친구가 기댄 감나무
　금세 살을 찌워 드러눕는다

　살찌워진 만큼
　부끄러운 아이의 표정이 햇볕에 익어가고

여기저기 숨어 있던 그림자들
바보, 멍청이라고 히죽히죽 웃어댄다

감나무 사이로 삐져나와
덜컥 들켜버린 마음
바보, 멍청이가 된 그 아이
쉽게 밟아버리지 못하는
나는
감나무 가지에 걸렸다가
잎사귀에 걸렸다가
찢기고 상처당한 그림자로
온종일 술래가 되어
지는 해로 누웠다.

　　2
아침마다 블라인드를 통해 잘려지는
육신의 그림자를 더듬어 본다

겨드랑이 가렵다
쉽게 치유되지 않을 것처럼

조각난 그림자 끝에
봉긋이 만져지는 멍울

상처뿐인 그림자는 길 위에 눕힌 채
감나무 빈 가지만을 휘젓고 다니던
몸 어디선가 감꽃이 돋았다

모나고 각진 거리를 걸을 때마다
상처가 아물어 참을 수 없도록
가려운 발끝, 참지 못한 그림자들이
웃음을 터뜨리고

피어나는 꽃, 꽃잎들

환한 햇살 같은 기쁨

날씨도 마음도 꽁꽁 얼어붙은 날 전화를 받았다. 미처 모든 것이 정리되지 않은 상태에서 새로움이란 이렇게 불현듯 시작되는가 보다.

두근거렸다. 심한 몸살을 앓다 일어나서 환한 햇살을 보는 것처럼…….

이런 것이 아마 사람들이 말하는 기쁨이라고 하는 것일까.

늘 단조로운 생활, 나에게 행운이란 말은 정말 어울리지 않는 외투처럼 생각했었다. 그저 누구나와 같이, 특별하지 않게, 그리고 가볍게 일상에 묻힐 수 있는 그런 옷차림이면 내게 만족했다.

그러니 이런 큰 기쁨을 나혼자 감당하기엔 너무 벅차오를 뿐이다.

물론 보잘것없는 나에게 늘 격려와 관심을 주신 주위분들의 덕택일 것이다. 그래서 이 기쁨은 나 혼자만의 것이 아닌 모든 분들과 함께할 수 있는 기쁨이 되어야 할 것 같다.

단지 내가 할 수 있는 일은 앞으로 그들을 실망시키지 않게 노력하는 모습일 것이다. 나만을 위한 것이 아닌, 다른 사람들에게 돌려줄 수 있는 커다란 기쁨이 되어야 할 것이다. 그리고 이 기쁨이 헛되지 않게 더욱 치열하게 생각하고 더욱 아름답게 내놓아야 할 일이다.

부족한 작품을 뽑아주신 심사위원님들께 깊은 감사를 드리며, 늘 보살펴주시는 부모님과 가족들, 많은 가르침을 주신 선생님들, 그리고 친구들…… 모든 이에게 이 기쁨을 드린다.

일상적인 사물을 신선한 미적 공간으로 형상화

예심을 거쳐 본심에 오른 작품들의 수준이 다른 해에 비해 매우 높다는 느낌이다. 기쁜 일이다. 산업사회가 되면서 문학, 특히 시가 일반인들로부터 소외된다는 견해들이 많은 터에 아직도 시를 사랑하고 시인을 꿈꾸는 사람들이 많다는 것은 우리의 문화적 전망이 아직은 밝다는 사실을 반증한다. 시는 세계를 미적으로 반영할 뿐더러 이미 존재하는 세계의 허구성을 미적으로 비판하며, 이런 비판이 새로운 문화의 토대를 형성하기 때문이다.

최종까지 논의의 대상이 되었던 작품들은 「길 없는 수인선」(배용제), 「울진을 지나며」(임동윤), 「땅끝 마을에서」(김성곤), 「성폐허」(김보일), 「자전거에 대하여」(윤을식) 등 다섯 편이었다. 모두들 만만치 않은 솜씨였다.

「길 없는 수인선」은 소외된 삶에 대한 진지한 성찰이 감동을 주었으나 신인으로서의 개성이 미약하다는 점이 지적되었고, 「울진을 지나며」는 사라진 유년에 대한 안타까움이 호소력을 주었지만 그 유년의 공간이 다소 환상적이라는 점이 흠이었다. 「땅끝 마을에서」는 그리움이라는 주제를 독특한 문체로 형상화한 아름다운 작품이었다. 그러나 현실적 토대가 좀더 부각되었더라면 하는 게 아쉬움이었다. 「성폐허」는 세계를 보는 눈도 신선하고 묘사력도 뛰어났지만 소품이라는 점이 한계로 지적되었다.

당선작으로 뽑은 「자전거에 대하여」는 자전거라는 일상적인 사물을 소재로 하되 그 일상성을 허물면서 신선한 미적 공간을 형상화하는 솜씨가 훌륭했다. 뿐만 아니라 그가 노래하는 자전거는 목적이 사라지고 수단만 존재하는 이 시대에 대한 제유가 되고 자전거를 타는 과정이 삶의 과정을 암시함으로써 시각의 단조로움을

극복하고 있다. 사물의 세부를 정확히 묘사함으로써 시적 보편성
을 획득한 점 역시 돋보이는 점이다. 앞으로 더욱 정진하기를 바
란다.

심사위원 : **李昇薰·崔東鎬**

윤지영

1974년 충남 공주 출생.
1993년 제주 사대 부고 졸업.
1993년 서강대 국문과 입학.
제주 〈多層〉 동인.
1993년 서강 청년문학상 시부문 당선.
1995년 중앙일보 신춘문예 시 당선.
현재 서강대 국문과 2학년 재학중.
서울시 은평구 불광1동 246-13
Tel : (02)385-2925

● 중앙일보
배고픔은 그리움이거나 슬픔이다

배고픔은 그리움이거나 슬픔이다

식구들이 잠들어
오히려 부산한 여름밤
방충망 사이 모기가 부산스럽다.
모기 날개 위에 달빛이 부산스럽다.

배가 고파 식탁에 앉아 노트북 파워를 넣는다. 냉장고를 열
고 우유 식빵을 꺼낸다. 우유와 땅콩 버터를 꺼낸다. 키보드를
두드려 본다. 영균영호영수영식영철영민영석영광지수민수현수
정수진수영종……. 깜빡이는 커서, 깜빡이는 그리움……. 우유
식빵에 땅콩 버터를 바른다.

버터는 냉장고 속에서도 녹아 있었다.
우유는 냉장고 속에서도 상해 있었다.
노트북도 배가 고픈지 하얗게 화면이 지워진다. 영균영호영
수영식영철영민영석영광지수민수현수정수진수영종……. 깜빡
이는 커서가 사라지고, 깜빡이는 그리움이 사라진다.

녹아 버린 땅콩 버터 때문에 배가 고프다.
내가 배고픈지 땅콩 버터가 배가 고픈지 분간할 수 없는데,
식구들이 잠든 여름밤, 녹아버린 땅콩 버터를 바라보며 느끼
는 허기는 슬픔이거나 그리움이다.

가을 오후, 不在中입니다

초가을 오후였다. 누렇게 익어가는 햇살들이 뚝뚝 떨어지고 있었다. 하늘은 성큼성큼 걸어 내려와 마알갛게 핏줄이 비치는 두 다리를 잔디밭에 담그고 있었다. 그 다리를 타고 잘름잘름 가을이 밀려온다. 발장구를 칠 때마다 집안 가득 투명한 공기가 울리고. 빨갛게 타오르는 사루비아는 퍼런 감들을 익히고 있었다. 하늘 꼭대기 아스라한 바람이 지나가고, 울 밖 전신주는 하루 종일 맴도는 고추잠자리 때문에 가벼운 현기증을 앓는다.

모든 것은 있었다. 그러나
나는 어디에도 없었다.
눈부신 햇발 사이에도
젖혀진 사루비아 꽃이파리 뒤에도
고추잠자리의 하늘거리는 날갯짓 위에도
초가을 오후의 모든 것은 있었지만
나는 아무데도 없었다.

그냥
감나무 아래 한
사람이 서 있었다.

내 地球는 여전히 널빤지처럼 판판하다

地球가 둥글다고 말한 건 콜럼버스였던가?
그러나 내 지구는 여전히 널빤지처럼 판판하다.

우리 집은 산꼭대기에 있다. (집을 나오다) 집 앞 전나무숲
은 펑퍼짐하게 누워 있다. (숲을 지나다) 숲이 끝나는 곳에서
부터 시작되는 팔차선 도로. (도로를 걷다) 도로 양옆에는 집
들이 나란히 서 있다. 창문이 동그란 하얀 집들이 옹그리고 앉
아 오후 햇살에 존다. (나도 졸다) 노란 중앙선을 따라 노란
차들이 노오란 오후에 취해 비틀거리며 달린다.

팔차선 도로가 끝나는 곳은 남쪽 바다. (帆船에 오르다) 하
얀 돛을 올린 범선이 휘청거리며 남쪽 바다를 향해 달린다.
(남쪽을 보다) 아무리 달려도 내가 떠나온 산꼭대기 집은 보
이지 않는다. (수평선을 넘다) 하얀 집들이 있고, 그 앞 숲이
누워 있다. 그러나 산꼭대기 집은 보이지 않는다. 바닷물빛에
하얀 돛폭이 파아랗게 물들 때까지 달려도 내가 떠나온 그 집
은 보이지 않는다. (간 길을 되돌아오다)

屋上은 우리 집 꼭대기에 있다. (옥상에 오르다) 황혼녘 바
다는 수평선부터 물들기 시작한다. (바다를 바라보다) 내 시

선은 숲을 거쳐 팔차선 도로를 지나 남쪽 바다를 향한다. 범선
도 타지 않고 바다를 가로지른다. 뒤척이는 수평선의 비늘 돋
힌 등허리를 더듬어 본다. (따뜻하다) 그러나 내가 서 있는 옥
상은 보이지 않는다. 날이 저물어도 어둠 속에 서 있는 내가
보이지 않는다.

　　오늘도 내 시선은 바다로 향하고
　　지구는 여전히 널빤지처럼 판판하다.

아침에 대한 定義

일요일 아침

이불 속에서 〈아침〉이라는 걸 생각한다.

「날이 새어 아침밥을 먹을 때까지」라는 사전 속의 정의를 생각한다.

「날이 새어」는 날이 밝았다는 뜻일까.

그렇다면 비가 오거나 비오기 전, 또는 눈이 오거나 눈오기 전처럼 어둠침침할 때는 아침이 아니라는 뜻일까. 해가 늦게 뜨는 겨울날 아침, 아스라한 어둠으로 뒤덮인 오전 7시는 아침일까 새벽일까. 北歐의 눈덮인 전나무 숲에선 밤에도 계속 밝다는데, 그렇다면 밤 12시는 아침일까 밤일까.

「아침밥을 먹을 때까지」라면

아침을 거른 날에는 점심밥도 아침밥인 셈인데, 점심 무렵까지가 아침이라는 뜻일까. 하루 종일 한 끼도 먹지 않은 날은 저녁도 아침이고 한밤중도 아침일까. 만약에 섣달 그믐밤 딱 한 번 밤참을 먹는다면 일년 내내 아침일 수도 있다는 뜻일까.

그러나 왜 우울한 날의 아침은

날이 밝든 말든, 비가 오고 눈이 오든 말든, 하루 세 끼를 먹

든 말든, 북구의 전나무 숲이든 사하라 사막이든 깊은 우물 속
출렁이는 두레박 같고
　왜 즐거운 날 아침은 압력밥솥 기운차게 돌아가는 꼭지처럼
느껴지는 걸까.

재미난 풍경

山寺

목탁 소리가

잘 쓸은 마당으로 떨어지고

노을빛에 풋감이 발그스레 익는데

藥水를 받아가는 할머니

흐르는 물이 아까워 자꾸만 뒤돌아다 보신다.

楸子島 또는 餘白에 대해 몽상하기

잎새가 다 떨어져 오싹한 나뭇가지의 간당거리는 餘白과

그 여백으로 구름이 지나간 다음 다시 드러나는 시린 하늘과

시린 하늘을 바라보며 두 눈을 깜빡이는 순간 흘러가버린 삼
라만상과

휘청거리는 宇宙가 어두운 망각 속으로 떨어질 때의 아찔한
현기증과

현기증이 피어오르는 두개골 속 출렁이는 腦水와

뇌수 위에서 까닥까닥 흔들리는 외로운 섬 楸子島와

그 앞바다 고요히 떠 있는 멍텅구리배 한 척과

그리고 눈부신 여백…….

삶의 속내 드러내는 詩쓸터

나는 크리스마스를 좋아했다. 구세주가 이 땅에 오셨다는 그런 의미는 차치해 두고, 유쾌한 축제 분위기와 자정 미사의 설레는 엄숙함, 반짝이는 색전구와 아침에 머리맡에 놓여 있던 선물들은 어린 내 마음을 사로잡기에 충분했다. 철이 든 다음에도 반짝이는 것들만 보면 크리스마스가 생각났다. 특히 버스를 타고 다니며 보는 인왕산 아래 한 달동네의 야경은 늘 어린 시절의 크리스마스의 꿈을 꾸게 했다.

그러다가 최근 나는 나의 철없음에 놀라고 말았다. 그 안개 속에 잠겨 아른히 반짝이는 따뜻함과 아름다움 속에 분명히 존재했을 고통과 슬픔, 그리고 절망을 보지 못했던 것이다. 나에게 크리스마스는 다만 고통 없는 아름다움과 통회 없는 구원, 절망 없는 희망의 의미에 지나지 않았던 것이다. 그 이후부터 난 그 겉으로 드러나는 아름다움 안에 있을 무엇인가를 보는 연습을 하고 있다. 아직은 자꾸 밝은 것, 반짝이는 것, 선하고 유쾌한 것만 보고 싶은 유혹에 빠지지만 말이다.

이제까지 나의 글쓰기도 이와 마찬가지였다. 삶의 본모습은 무엇인지 경험이 부족한 나로서는 아직 잘 모르겠다. 다만 이번 당선이 삶의 아름다운 겉모습을 벗겨내어 그 본모습을 밝히는 치열한 싸움의 출발점이 될 것이다. 그 싸움이 너무 두렵고, 유혹이 많아 포기하고 싶을 때에도 마음대로 포기할 수는 없다는 의미로 남을 것이다.

나에게 이런 기회를 주신 여러 심사위원님들께 진심으로 감사드리며 말없이 항상 지켜봐 주시는 박철희 교수님, 방학 때마다 함께 활동하던 〈多層〉 동인들과 시인이신 우리 아버지께 감사드리고 싶다.

우리시대 풍속화 그리기에 성공…

예심에서 넘어온 작품 47편 중에서 우리의 관심을 끈 작품은 네 편이었다. 「굴뚝새에 대한 기억」(서영호)은 언어에 대한 감각, 대상을 감지하는 감각이 돋보이긴 하나 지나치게 기성의 시문맥에 기울어져 보였다. 「강화기행」(고창환)은 풍경 등 묘사에 민감했으나, 그 풍경이나 대상 뒤에 숨어 있는 것을 자기 나름으로 읽어내는 사고력이 엷은 것으로 보였다. 「길은 길 안에서만 길을 만들고」(박규님)는 다른 응모작과 달리 비교적 논리적 성향의 상상력을 보여 주었다. 곡괭이로 암반을 찍어내는 광부의 모습처럼 집요하기는 하나, 아쉽게도 거기에는 유연성이 모자라는 것으로 보였다. 시인이 내면 속으로 너무 빠져 시의 리얼리티를 얻지 못한 탓이 아니었을까.

「배고픔은 그리움이거나 슬픔이다」(윤지영)는, 얼핏 보면 시가 매우 단조로워 보인다. 언어에 대한 감각도 사고력의 깊이도 문맥에 드러나 있지 않기 때문이다. 그러나 이 시가 보여주는 단조로움은 방법적인 것으로 보이는데, 그것은 함께 응모한 다른 작품들은 감각의 깊이를 갖고 있기 때문이다. 그럼에도 불구하고 구태여 이 작품을 뽑은 데는 두 가지의 미덕을 보여 준다고 판단했기 때문이다. 그 두 가지 중 하나는 일상적 삶을 그 이상의 것으로 단순화시켜 한 시대의 풍속화로 그려낸 점이며, 다른 하나는 자기의 목소리, 자기가 책임을 질 수 있는 세계를 노래하고 있다는 점이다. 어떤 세계를 단순화시켜 의미화할 수 있음은 그렇게 쉽지 않다. 그러나 다른 응모작에 잠깐 보이는, 시가 요구하지 않는 형태 파괴는 삼가야 한다.

심사위원 : 김윤식 · 오규원

李秉律 **이병률**

1967년 충북 제원 출생.
경동고등학교 졸업.
서울예전 문예창작과 졸업.
파리 영화학교 ESEC 수료.
1995년 한국일보 신춘문예 시 당선.
안양시 평촌 부림동 공작마을 성일아파트
207동 1009호
Tel. 0343-88-9664

● 한국일보
좋은 사람들/그날엔

좋은 사람들

  우리가 살아가는 땅은 비좁다 해서 이루어지는 일이 적다 하
지만 햇빛은 좁은 곳 위에서 가루가 될 줄 안다 궂은 날이 걷
히면 은종이 위에다 빨래를 펴 널고 햇빛이 뒤척이는 마당에
나가 반듯하게 누워도 좋으리라 담장 밖으론 밤낮 없는 시선들
이 오는지 가는지 모르게 바쁘고 개미들의 행렬에 내 몇 평의
땅에 골짜기가 생기도록 상상한다 남의 이사에 관심을 가진 건
폐허를 돌보는 일처럼 고마운 희망일까 사람의 집에 사람의 그
림자가 드리워지는 일이 목메이게 아름답다 적과 내가 엉기어
층계가 되고 창문을 마주 낼 수 없듯이 기운 찬 사람을 만나는
일이란 따뜻한 숲에 갇혀 황홀하게 밤을 지새는 일 (지금은 적
잖이 열망을 끼었거나 식히면서 살 줄도 알지만 예전의 나는
사람들 안에 갇혀 지내기를 희망했다) 먼 훗날, 기억한다 우리
가 머문 곳은 사물이 박혀 지내던 자리가 아니라 한때 그들과
마주잡았던 손자국 같은 것이라고 내가 물고 싶었던 때와 마
찬가지로 노을이 향기로운 기척을 데려오고 있다 땅이 세상 위
로 내려앉듯 녹말기 짙은 바람이 불 것이다

그날엔

갖고 싶은 것 다 가지고 사는 사람 있는가 내 어머니의 연탄 구멍 같은 교훈이 석유난로 위에서 김을 낸다 오랜만에 숭늉이 끓는다 어머니의 어머니는 딸을 두고 일찍 재가하셨고 세상에서 유명한 구멍 속으로 발을 들여놓으셨다 구멍만을 디디고 이 길까지 오신 어머니는 온통 세상이 혼자뿐인 것 같아 자식 스물을 꿈꾸셨지만 결국은 구멍에다 나를 빠뜨리셨다. 한 길 가는 생명이 바람이 내어준 길을 따라 코를 열고 바빠할 때 난 듣는다 또 숭늉 끓이는 소리와 탄식은 탄식을 낳는다는 소리를

어머니는 살아 계시지만 그 말을 어머니의 살아 계시는 유언이라 믿는다 세상의 문이 고쳐져 더 많은 사람들이 들어오기까지 갖고 싶은 것 다 갖고 살지 못한다 나는 영영 태어나지 않을 부자가 되어 무섭게 떠돈다 땅이 사람 가슴 안에서 얼마나 여러 번 쪼개어지는가를 본다 어머니가 내 자식을 연인처럼 사랑하다 들킨 듯 웃으시는 걸 본다 그날엔

밥에 숨다

　마른 바람을 들여 보내기 싫어하던 문과 문 사이의 열쇠 구
멍 열쇠를 들이밀어 본다 간밤엔 뜨거운 물에 밥을 말아 먹다
말고 집안의 못을 모조리 **뺐**다 짐을 쌌다 언제부턴가 이사하는
길이 바싹 속타버린 검댕이 길 같다 그렇지만 가야지 둥둥 떠
서 마음 안 보이게 애인을 바꾼 비둘기 집 아래서는 버려진 것
들이 청춘이 되어 오기를 바란다며 중얼대는 수염 긴 사내 오
늘도 금관 악기를 닦는다 미지근하게 눌린 뒷머리를 쓸며 어디
론가 떠나고 싶단 말을 자주 했던 소년 시절이었으리라 어딘지
는 몰라도 신물나게 기다렸던 꽃밭의 자리였으리라 참은 생각
의 자리에서 번번이 잎이 물들었으므로 몽롱한 인연과 손뻗으
면 더 보고 싶은 나라, 그것하고 살았으면 했다 수년의 세월이
지나도록 그 자리 잊지 못해 여러 번의 이사를 한다 동네를 한
번 돌아보는 일이 버짐처럼 가렵기만 하다 트럭 창틀로 달려드
는 눈발과 참숯불처럼 날아오르는 한떼의 새들 이사를 하더라
도 도배를 해야지 그래야 공들인 세상의 한귀퉁이를 올려다보
며 따뜻한 밥 한술에 수치를 덜 수 있을 거라고

빈 집

사람의 이름을 바라보는 일이란 오래 살기로 한 기대 같은
것일까 물기가 마르지 않은 자리에서 낙엽을 쓰는 사람들 사람
의 마음을 털어 주지 못하고 걷는 발길에 그늘이 놓인다 나무
들 큰 덩치로 해그림자에 매달리는 해질 무렵엔 모두 떠날 차
례구나

내가 빈 집에 닿았을 때 매일 아침, 바라보기로 한 밭머리엔
저수지의 물이 들어차고 나는 갈 곳 없는 사람처럼 불을 지폈
다 밤이 와도 와도 죽지 않을 그런 불을 그 후 한동안의 장난
같은 정전이, 정전 같은 사랑이 풍경을 일으켜 세우기 위하여
많은 날들과 쓰러졌다

밤나무 아래 누워 햇빛을 도둑질하던 가슴이 꿈에서까지 노
래불러도 목쉬지 않는 사시 사철, 가야 할 곳이 멀기만 한가
경운기를 타는 여자의 해그림자가 길 위에서 술 한잔 하고 곡
식 팔러 가는 마음의 팻말 하나 밤새 목숨을 가다듬던 빈 집에
서 나도 따라 늦춰지자며 매달리는 눈길을 쉰 밥처럼 어쩌지 못
하겠다.

꿈꾸는 수영장

그대의 설움인 것과 눈부시게 적막한 겨울 하늘을 돌고 동네 귀퉁이를 돌아 기다린다 기다리는 것이 만져지기라도 하는 것 인가 햇빛에 눈가를 숨기던 따스한 위안을 거둔다 그러면 액자 의 한 시절이 아름답다 내 주변의 길에 길들여질 필요가 없다 길을 내려다보며 오래도록 누군가 와 주기를 기다렸으므로 밤 의 알갱이들이 나풀거리면 소독약으로 비틀어진 수영복을 들고 수영장을 오른다 나의 수영장은 지상 이십구 층, 별을 죽인 불 빛들이 높은 물기둥을 세워 물을 키운 곳 어지러이 물에 닿는 다 물의 가장 깊은 곳으로 들어가 물의 중심을 보면서 목이 마 르고 마땅히 앉을 곳이 없다고 생각한다 조여 오는 세월의 바 탕에서는 누구나 입석인가 팔을 휘저어 걷는다 오래 가까이 못 한 사람의 살결이 나를 업어주고 태워준다 몇 겹의 물 호청에 몸을 누이고 꿈을 꾸고 싶어서 물에 몸을 대이면 내가 식는다 물이 나를 키운다 수초 더미를 빗겨간 밤하늘이 나를 잊는다

그리움이 많은 사람

1. 그리움이 많은 사람은 식물성 인간이라 믿어본 적이 있었다. 식물성 인간이기 때문에 사회에서의 존재조차도 소극적일 가능성이 크지만 우린 그들에게 정화를 기대할 수 있을 것이다. 하지만 이 가능성이 사람에게만 적용된다고도 믿지 않는다. 이 세상 모든 사물들도 사람을 향해 식물적 영감과 느낌들로 웃어 주었으면 하는 바람이다.

2. 말이 하고 싶어지거나 글을 쓰고 싶을 때, 말하지 않고 글씨를 쓰지 않은 적이 있었다. 한동안을 그렇게 있으면 마음 안이 어두워지는 일이 없었기에. 다 쏟아내야 속이 괜찮아지는 것만은 아닐 것이다. 그런 의미에서 시가 내적 발산이라 믿었던 내 기준을 흔들어 숨을 들이마셔 보기로 했다. 그리고 그것은 흡입으로도 가능했다.

3. 글을 쓰는 작업들은 앞으로가 더 고될 것이다. 글을 통해 사람의 따뜻함을 배우기는커녕 사람 사이에서의 고립까지도 가능하게 할지도 모른다.
세상에 나가봐야 할 일도 많을 것이다. 늘 여기가 아닌 다른 곳으로 흐르자고 치면 어디가 세상의 끝이겠는가마는 어느 한순간에는 이, 맴도는 일을 그만두겠다며 제 발길을 묶어버릴지도 모를 일이다.

4. 멀리 떠나 있는 후배까지 챙겨주느라 마음 아끼지 않으셨던 일생의 선배님들. 이방인 생활의 마감을 든든하게 지켜준 내 밥상

같은 후배 영달, 상원, 재숙. 밖으로 나돌기를 원했던 내 의지를 오랫동안 젖은 눈으로만 지켜봐 주신 부모님, 그리고 한국일보와 심사위원님들께 감사드린다.

  5. 동네 전철역에 쭈그려 앉아 늘 술병을 들이켜던 거지양반이 새 옷을 장만해 입고 있다. 새빨간 산타 할아버지 복장으로. 그는 길가는 소녀 둘을 붙들어 세워 선물을 주면 받겠느냐고 묻는다. 곧이어 거지양반이 시를 읊기 시작한다. 시낭송이 끝나자 소녀들은 기쁜 듯이 박수를 쳤고 그러고도 오래도록 그의 곁을 떠나지 않는다.

삶의 손자국에 머문 고요한 시선

1030여 명의 응모자들이 내민 시편들을 우리 심사위원들은 직접 읽었다. 이것은 혹시 예심의 그물을 빠져나갈지도 모를, 억울한 가작들을 붙잡고자 한 배려였을 것이다. 그러나 시가 '아닌', 시의 모양만 사칭한 사이비 시들을 일일이 읽어야 했을 때의 빽빽함과 고단함이란!

무엇이 어떤 것을 시이게 하는가? 그것을 우리는 말로 하기가 힘들다. 그렇지만 '된' 시들과 '덜 되었거나 안된' 시들의 차이에 대해서 느낄 수는 있다. '된' 시들은 어떤 것을 시이게 하는 그 무엇인가가 그 안에 내장되어 있어서, 그것이 마치 자석 부근에 쇠붙이들을 일정하게 몰려 있게 하는 磁性처럼, 우리의 눈을 자기쪽으로 이끌리게 하기 때문이다.

심사위원들이 본심의 수준에 올려놓은 다음 다섯 분의 시들은, 말하자면, 스스로 시적 자성을 띠고 있는 '잘 된' 시들이라고 할 수 있겠는데, 고창환 씨의 「대포항 근황」 외 7편, 김연희 씨의 「움트기 위해」 외 2편, 김성오 씨의 「누수」 외 4편, 곽민호 씨의 「중앙시장에는 인어가 산다」 외 5편, 이병률 씨의 「좋은 사람들」 외 4편이 그것들이다. 이것들은 '분류적인 의미'에서는 이미 시들이다. 문제는 이것들 가운데 어느 것이 보다 더 '잘 된' 시인가를 판별해야 한다는 데 있다. '평가적인 의미'에서의 시적 판단은 심사하는 사람들 개인이 갖고 있는 고유한 취미에 속해 있으면서 동시에 우리가 인간이기 때문에 갖고 있는 어떤 공통감각에 호소할 수 있어야 한다는 보편성의 요청에 의해 고약스러운 시빗거리가 된다.

우리 심사위원들은 상대를 지나치게 존중하는 겸손함으로 하여

거의 판단정지에 가까운 상태에서 그냥 텍스트 자체의 호소하는 힘에 맡기기로 하였다. 그런 점에서 고창환 씨와 김연희 씨는 어떤 것을 시되게 하는 무엇으로서 묘한 구체성, 혹은 의미심장한 여백을 갖고는 있지만, 눈길을 빨아들이는 텍스트의 매혹이 다른 분들에 비해 떨어진다고 느껴졌다. 아마도 그것은 그들이 여전히 시에서 뭔가를 설명하지 않으면 안심하지 못하는 조바심 탓이리라.

김성오, 곽민호, 이병률 씨의 시들이 심사위원들의 탁자 위에 한 시간 가량 침묵 속에서 저만치 놓여 있었다. 우리들은 이들의 시가 다같이 발표될 수 있는 방법은 없을까, 고민했다. 그러므로 이병률 씨가 당선자로 결정된 데에 우리 모두가 동의했다 할지라도 두 분은 계속 시를 쓸 것이며 써야 한다는 격려가 우리의 복에 겨운 고민 속에 있었다는 말이다.

한번 올라가면 좀체 내려오기 힘든 시의 제단에 이병률이라는 낯선 이름이 나타난 것을 우리는 축하한다. 그가 제시한 시들이 어느 수위 위에서 고르다는 것, 이미 자기 스타일을 갖고 있다는 것, 뭔가 자꾸 드러내려 하는 데서 오는 邪됨이 없다는 것. 흔한 말로 상상력이 새롭다는 것을 우리는 이야기했다. 적어도 '우리가 머문 곳은 사물이 박혀 지내던 자리가 아니라 한때 그들과 마주잡았던 손자국 같은 것'임을 본 그의 시선은 남다르고, 또한 따뜻하다. 그 따뜻함에 녹아나는 세계를 그가 앞으로 어떻게 보여줄지 궁금하고 기대된다.

심사위원 : 金光圭·金薰·黃芝雨

李銀玉 이은옥

1959년 강원도 삼척 출생.
1994년 서울예술전문대학 문예창작과 졸업.
1995년 경향신문 신춘문에 시 당선.
현재 로타리코리아 편집위원회 記者
서울시 동작구 상도 4동 279-371
Tel : (02)815-6482
(02)738-1501

● 경향신문
漁盛田의 봄

漁盛田의 봄

적송과 잡목이 어울려, 몇 겹의 산봉우리가 되고
마루 끝에 서서
잘 보이는 앞산부터 산의 허리를 센다
겨울 내내 쌓여 있던 눈이 아래 마을부터 녹기 시작하여
산 밑에 있는 기와집 근처 응달까지, 길어진 해 그림자가
봄을,
마당까지 실어 나른다
서서 말라버린 국화밭에도 햇살이 옮겨 다니면서
겨울의 냄새를 말린다
겨울 내내 눈 속에 파묻혀 있던 국화밭이 밭고랑을 드러내고

강이 얼 때부터 녹기 시작할 때까지 마을은 고요하다
나는 고요하다
고요가 고혹적이라고 표현하고 싶다
봄,
강이 뚜껑을 열고
고기들이 알을 까고 돌 밑에 집을 만들 것이다
산을 끼고 도는 어성전의 강, 강물의 흐름이 좋고 조용하여
고기들이 많이 사는 강, 사람들은 이 마을을 漁盛田이라 한다
바다는 바다 사람들의 밭이라면 강은 고기들의 밭이다

이은옥 93

아침 안개가 지나갈 때는
이곳 마을 사람들의 옷에서 강 냄새가 난다
가끔씩 마을은 안개에 푹 잠겨 있고
새벽, 닭이 한집 한집에서 울기 시작해
온 동네는 조그만 소리들로 하루가 시작된다
방문을 열면 안개가 먼저 들어온다
햇살이 온 마을에 퍼지면 나는 마음을 서두른다
봄, 햇살이 동반하는 이 나른한 계절은 앉아 있기도 불안하
다
겨울 내내 쉬고 있던 농기구들이 하품을 하고
아버지는 먼 산에서 해온 물푸레나무 자루를 다듬어
건너마을에 쟁기를 벼르러 간다
아버지는 조율사처럼
호미 자루며 도끼 자루 괭이 자루를 다시 갈아 끼운다
농기구들은 아버지의 건반이 되어 사계가 시작된다
나는, 슬그머니 강으로 나가본다
강은 아직 고요하다
강은 누가 먼저 알을 낳았다고 소리치지 않는다

  ＊漁盛田 : 강원도 양양군 현북면 어성전리 마을

94

검정개

국도에서,
마을에서 풀어 놓은 검정개 한 마리 도로를 가로질러 천천히,
어슬렁 꽁지를 감추고, 눈빛이 주인 잃은 개 눈빛이다
검정개와 아이가 마당에 쪼그리고 앉아, 무심한 얼굴이다
엄마는 집에 없다 아빠도 집에 없다

아버지는 허리띠 맨 마지막 구멍에 삶을 채우고 외출했다
허리띠 구멍마다 헐거워진 세월의 흔적이 남아,
한 칸씩 안쪽으로 들어올 때마다 삶도 점점 안쪽으로 기울어졌을까,
벗어놓은 허리띠가 길게 늘어져 못에 걸려, 삶이 식어 있다
아버지의 삶은 어디까지 왔을까
아버지가 마련한 아랫목은 얼마나 따뜻할까
빈 방에는 햇살이 들어왔다가 빠져나가고,
벽에 걸린 액자 속의 사진에서 먼저 죽은 얼굴들이 웃고,
그 옆에서 나도 웃고 있다
사람마다 주름살이 다른 방향으로 흐르고 있다 지금은 무심한 얼굴이 되어 액자를 올려다보고 검정개도 마루 끝에 올라와 고개를 쳐들고, 어금니를 한번 깨물고 침을 삼킨다

집은 왜 비어 있고 액자 속의 웃는 얼굴들은 왜, 오지 않는가
검정개는 햇살이 기울어질 때, 무엇을 찾는가
잡풀더미 속에 검정개 밥그릇 바짝 말라 있다
아궁이가 식은 지 오래이고 진흙 벽에서 소리없이 마른 흙이
흘러내린다
다들, 어디로 갔을까
검정개는 무얼 기다리는 것일까

몽 상

　오동 잎사귀 무거운 그늘이 나의 머리 위에 내려앉아 오후를
짓뭉개고 있다
　　　　좁혀진 길을 따라 언덕에서 입술이
　　　　시리도록 찔레를 꺾었다
　삼빛 머리털의 암갈색 눈빛을 가진 여자가 첼로를 연주하고
있다
　　　　둥글게 구멍을 파고 햇살이 내려앉았다
　　　　포도밭에는
　　　　뜨거운 여름해가 그대로 매달려 있었다
　　　　아이를 업고 여자는 포도를 자른다

파일넘버 19940508
—— 빨간 카네이션이 없다

없다,

없었다 아무도 없었다 전화도 없었고 아버지의 방을 기웃거리는 오후의 햇살이 선인장의 빨간 몸 전체에 스며들었다 그림처럼 선인장은 화분에 담겨서 햇살을 빨고 있다 방안에 있는 모든 코드를 꽂고 가스레인지 위에 커피 주전자에 물을 붓고 커피물을 올린다 움직인다 모든 것이 움직인다 움직일 수 있는 것은 모두 움직인다 보일러의 급탕을 누르고 수도꼭지를 열어 더운 물을 받고 변기에 고여 있는 물을 한번 빼 버린다 창문에 모여 있는 햇살이 움직인다 나무들이 움직인다 산이 커지고 산이 작아진다 산에 사는 흙이 움직인다

티브이, 냉장고, 세계가 움직이고 오디오, 전기밥솥, 가스레인지 위 유리포트 안에서 물방울이 터질 듯이 움직인다 형광등이 흔들리고 난 화분, 화분 하나가 움직인다 세탁기, 메모리 전화기, 환풍기가 움직인다 모빌이 흔들리고 촛불이 움직인다

아버지는 없다,

있지 않다 지금 이곳에 있지 않을 뿐이다 이제 안 올지도 모른다 오지 않을 것이 분명해지는 시간이 움직인다 커피잔이 움직이고 입술이 움직인다 파란 방충망이 눈부시게 움직인다 하루살이가 덩달아 움직이고 방안에 들어앉은 햇살이 움직인다

아버지의 방에는 햇살이 그득 넘쳤다 아버지는 없고, 오지 않
았고 전화마저도 없었다
　햇살이 다 떨어져, 나간 자리, 빈 꽃병에 어둠을 꽂는다

거리의 무늬

　멀리 건물들의 웅성거리는 소리를 듣는다 나는 거리에서 저울눈처럼 흔들린다 형광등의 백색들이 나의 몸속에 있는 뼈의 질서들을 비춘다 균형을 잃은, 정신의 부재를 일으켜 세우고 웃는다 골목을 걷는다 지하도를 걷는다 그림자가 나타났다 또 걷는다 그림자가 앞에서 커다란 동물처럼 걷는다 그림자를 밟으면서 뛰면서 걷는다 검은 동물의 그림자는 작은 하나의 잡목처럼 서 있었다 브레이크를 잡았지만 그 잡목의 숲에 쓰러졌다 허탈하게 웃었다 무릎을 털고 일어나면서도 웃었다 무늬가 잘 보이지 않아, 나는 무늬의 균열을 다시 보았다 무늬들은 흩어지고 있었다 무늬의 색깔을 다시 보았다 무늬들은 더 이상 자라지 않아 무늬들은 지워질 건데, 물 속에서 무늬들이 나비처럼 움직였다

서랍이 없는 방

　겨울 나그네 51명이 머리에 청색 모자를 쓰고 직사각형의 집에서 몸을 비비며 서 있었다 51명의 사내들은 건조한 몸을 씻고 누워 있었다 그들의 집은 충무로 2가에 있었다 집 밖에는 그들의 암호 (02)754−1004를 새겨넣었고, 그 사내들의 집은 회색이었다 앞문과 뒷벽에는 파란 창틀을 가진 유리창문으로 하얀 눈이 내리고 있었다 문을 위로 밀면 청색 모자만 보였고 아래로 밀면 맨발만 보였다 벽에는 밤색의 체온계를 달고 살고 있었다 문이 열리면 사내 51명이 일제히 맨발로 숨을 들이키고 있었다 빨간 손톱이 청색 모자를 콕콕 찌르고 있다 사내의 몸을 꺼내서 빨간 손톱 두 개로 툭 분질러 버린다 50명의 사내들이 소리를 지른다 뭉툭한 손톱이 사내 하나를 꺼내서 맨발의 끝을 뾰족하게 찢더니 입속으로 가져간다 그 집의 문을 열었을 때 사내 하나가 나와서 밤색의 체온계에 청색 모자를 벗고 건조한 몸을 태웠다 사내들은 나그네가 되어 차가운 유리그릇 속에 버려졌다 나머지 사내들은 헐거워진 회색의 집 속에서 문을 닫고 눈내리는 밖을 상상, 하고 있다

형용사들과의 수많은 꿈

형용사들이 항상 뛰어다녔다. 형용사들과의 수많은 꿈, 날은 어두워지고 대문 거는 소리, 나는 나를 세운다. 거리에 서서, 그들의 꿈들이 커가는 무늬와 합류한다. 수많은 소리들과 수많은 암호들이 지상과 지하를 넘나들면서 기호를 만들고 있다. 고향의 바다에서는 끊임없는 그림들이 전개되고 소멸과 생성, 아침과 저녁이 순환되는 몇 년을 보았다. 유년의 일기들이 퇴적층처럼 쌓여 있는 그곳, 그들의 얼굴에 흐르는 주름살의 방향을 외울 수 있는 저녁이 선명하다.

가을에, 푹 익은 산의 능선을 타고 떡갈나무숲에 나를 버려두었다. 나는 산이 될 수 없었고, 下山했다. 하산은 늘 어두웠지. 어둠은 한꺼번에 몰려와 그림들을 지우고, 어둠은 단단한 바위 같았지.

9층에서, 빌딩과 빌딩 사이 기와 지붕 위에 빈 타이어들이 널려 바람을 견디고 있다. 한글 2.1에서 다시 한글 2.5로 입력시키는 午後, 나는 나를 견디고 있다. 변방에서, 고요한 강에서 매일 그리는 나무의 이름은 향수였다.

그 골목을 다시 쓴다. 골목의 몇 개의 전봇대를 외우고 몇 개의 대문을 외우고 대문 안에는 구두를 만드는 방이 있고, 몇 개의 문패를 외우고 문패를 단 이층에는 옷을 만드는 작업실이 보이고, 태양문구사 진열장 안에는 곰인형이 밤에도 눈을 뜨고 있었고, 응달에 서서 꽃을 피우는 라일락, 단춧구멍, 예술안경, 남산빵집, 카사로사, 가스등, 숭의서점…… 골목을 지나면 남산 순환도로가 나오고 골목이 끝나면 지하도가 나오고 지하도를 건너면 또 다른 명동이 있고, 이제 끝없이…… 명동의 향기에 취해 있을 것이다. 거기 연구관, 예술관, 나의 8할을 명동에 세워 둔다. 그리고 그 누구를 위해 가장 긴 양초를 굽고 싶다.

기호를 달게 해주신 오규원 교수님, 그리고 끊임없이 문장을 만들게 한 강원도, 우리는 늘 서서 악수를 하고 제 갈길 가던 큰 친구들, 그리고 심사위원 선생님들께 감사드린다.

變容的 상상력

응모작들이 대체로 너무 수사적이라는 게 우리의 공통된 느낌이었다. 말은 매끄러우나 알맹이가 없고 겉만 번드르르하다는 얘기이다. 혹시 컴퓨터로 글을 쓰기 때문이 아닌가 하는 생각도 해보았다.

마지막까지 남은 작품이 李銀玉(투고명 이은오), 이은영(투고명 이은림), 정은희(투고명 정이랑) 강한기 등의 작품이었다.

이은영의 「해질 무렵」, 정은희의 「개똥지빠귀를 찾아서」, 강한기의 「아프리카 아프리카」 같은 작품들은 읽을 만했으나 작품들의 수준이 고르지 않아서 안심이 되지 않았다. 위의 읽을 만한 작품들은 그들의 시적 감수성을 넉넉히 기약해 주는 것이었으나 그렇지 못한 작품이 더 많았다.

李銀玉의 작품들은 다른 작품들에 비해 신선하고 작품의 수준도 고르다. 그의 상상력이 變容的이라는 점이 그의 시적 장래를 믿음직스럽게 하고, 대상을 향해 움직이는 시선이 집요하다는 점도 튼튼한 바탕을 느끼게 하는 요소이다.

예컨대 당선작으로 뽑은 「漁盛田의 봄」에도 그러한 특징이 보이는데, 여기서 우리가 또 보는 것은 그가 사물의 겉만이 아니라 그 속까지도 느끼고 있다는 것이다. 그는 가령 사물의 소리뿐만 아니라 그 고요도 들을 줄 안다.

어느 한쪽만 들어 가지고는 그것을 잘 듣는다고 할 수 없다면 그의 안팎을 동시에 느끼는 더듬이는 역시 시적 재능을 기약하는 것이라고 할 수 있다. 그리고 그에 못지 않게 중요한 것은 그의 어투나 음색에 과장이 없고 자기가 말하고자 하는 것과 일치하는 안정을 보여주고 있는 점이다. **심사위원 : 申庚林·鄭玄宗**

이혜자

1971년 경북 왜관 출생.
효성여자대학교 국어국문학과 4학년.
〈길과 글〉동인.
1995년 매일신문 신춘문예 시 당선.
대구시 중구 대봉1동 15 — 13
Tel : (053)424 — 7191

● 매일신문
계란말이

계란말이

도마와 칼 사이에 잘려지는 야채의 중간음
가벼운 가락에 파, 당근, 양파, 풋고추, 백설햄은
속성을 버리지 않아도 될 만큼 썰려
풀어둔 계란 속으로 푹 몸을 담그고 서로를 굴려본다
도무지 엉킬 것 같지 않던 야채들이
끈끈이주걱풀에 달라붙는 날벌레처럼 계란에 엉켜 허우적대다가
심심한 소금기를 입고는 마침내 계란말이가 되기 위하여
기름으로 달구어진 프라이팬에 쭈욱 배를 깔고 눕는다
안식은 마음먹기에 달렸다는 듯이
앞쪽을 지지면 돌아눕는 속 보이는 여유
등짝과 뱃살에 도는 노르스름한 달관의 빛이 부럽다
계란말이가 필요한, 상기된 얼굴들이 들어온다
이불장 속에 개어둔 이불처럼 맞닿아 산다지만 충분히
아픔을 관찰하는 일 없이 서로의 곁방살이로 살고
콜록콜록 색다른 의성어를 뱉으며 앓아도
왔던 길로 나가기만을 오랜만에 온 감기에게 바랄 수 있을 뿐
이제 내 몸에 엉키는 것은 회충과 같은 몸 안 벌레들뿐이다
사랑하고픈 것들은 등 보일 것조차 남아 있지 않은 밤

계란말이는 입에 넣기조차 민망한
위대한 간식이다

12월의 은행나무

노랗게 뜬 얼굴들이 후두두 떨어진다
큰딸네 다녀오다 또 멀미를 만나셨나보다
저 얼굴들이 때로는 아들의 노트 값, 남편의 점심 값으로
주머니에서 구겨지기도 하고 파란 대가리까지도 소롯이 오른
콩나물 무침이 되기도 했다
한밤에라도 몸살에 단 소리로 달빛을 세워둔 일 없었지만
처음 겨울을 맞이하는 딸에게 때를 탓하지 말라 당부하고 돌
아선 길이
죄다 울퉁불퉁하다
살아온 날들이 거역하지 않은 대가였다는 생각에
해도 무거워져 이유 묻지 못하고 진다
비와 바람이 번갈아 닥치던 날도 구겨지지 않았던 얼굴이
태풍 세스가 왔을 땐 마음까지 많이 상했었다
그나마 굵은 힘줄로 버티면서 이웃집들이 무너지는 것과 흩
어진 가족들의
부르는 소리를 들었고 제 아들마저 부르다 쓸려갔다는 사실
을
알고는 얼마나 그의 몸이 흔들렸던지 남은 바람도 더는 속을
헤집지 않았고 마른 번개도 우물쭈물 사라졌었다

이런 얇은 동정도 미운 정이라도 붙이고 사는 것들에 있을
뿐
　자식들은 술집마다 잘 깔린 안주로 돌돌 구르고 있다 비싼
안주는
　가난한 그리움을 모르는 법이다
　나체의 어머니 몸에선 썩는 냄새가 난다
　제대로 아물지 못했던 상처가 다들 떠난 지금에야
　비로소 뿌리에게 썩을 수 있도록 한 것이다
　12월의 은행나무, 덧입는 것들 앞에서 알몸으로 마지막 용기
를 보여 준다
　옷 한 겹 더 껴입은 누군가가 발을 멈춘다
　단련되지 못한 삶들이 떨고 있다.

감 꽃

가셔낼 수 없는 밤
근심을 풀어 풀어 감꽃 냄새 빈 방을 들어차고
속속 어둠이 움츠리고 앉는다 좁은 방안으로
막대처럼 핏대 꽂아가며 싸우는 취객의 파편이
날아와 억지로 이를 물고 있는 네 벽을 긴장시킨다
하루가 억울한 다리를 뻗을 수조차 없으니
동생은 어디로 갔을까, 녀석은……
내 들숨도 약오른 밤송이 같았기에
그 아이의 짙은 눈썹처럼 검게 타들어가는 마음이
뱉아내는 불만의 뼈를 생선가시 발라내듯 발라낼 수 없었다
줄이라도 맞추어 선 것처럼 아버지가 버리고 간 가계를
못 이겨 뒤꼍 감나무에 목을 맨 어머니 다음으로 밥상에
찬거리를 늘리는 일은 나의 몫이었지만 품고 나온
대학의 그늘은 동생을 싼 방에 시래기처럼 묶어 두었었다
떠나던 날 할머니의 키 높은 감나무에서 떨어지던 감꽃을 모아
목걸이로 꿰어 누나에게 왜 주었는지 모르겠다고 문득 말의
발을 묶어 두고는 돌아 누웠었다 그래, 둘 중에 하나라도
감꽃처럼 번지는 아픔을 몰랐어야 했다
네가 돌아오지 않은 밤의 꽃등이 죄다 터져버릴 것 같구나

개구리가 울고 있다

더욱 촘촘해지는 빗줄기와 사람들이 있다
차창엔 습기가 차기 시작해 뿌열 때
철암역에서 남자와 아이, 여자가 올랐다
남자는 손톱 밑이 까맣고
여자의 손톱은 무당벌레 등껍질을 하고 있었다
철암은 폐광촌답게 산을 타는 물길이 검다
해바라기가 그려진 비닐백을 거머쥔 아이는
세상을 살아온 날보다 긴 차칸을 제 걸음폭만큼 옮기며
낯선 사람들 사이를 오가고, 웃어대고
그래도 창밖으로만 시선을 꽂은 사람 몇을 쿠—욱 찌르고는
또 웃어댄다
기차가 설 때면 으레 넘어지는 아이는 다시 넘어졌다
제 흰 옷에 얼룩이 지는 것도 모르고 앉아서 웃는다
누가 먹였을까, 맥주냄새가 나는 아이의 입을 여자는 흘겨본
다
　그러나 여자는 손톱 밑이 까만 남자를 더 잦게 쳐다본다
　아이를 보는 남자의 눈빛은 익다
　언제부턴가 학교에서 돌아오면 화단에 앉아 계시던 아버지,
그 아버지다
　한참 만에 여자에게 풀려난 아이는 손을 흔든다

검은 구름마저 내려앉은 들판으로 살구빛 손을 흔든다

허수아빈 듯 서 있는 농부의 새득새득한 손이 흔들릴 것도 같은데

골진 이마의 물기를 쓸 뿐 물이 차는 논 속으로 쿡쿡 손을 찔러 넣는다

이 장마가 지나면 농부는 더 오래 허수아비로 서 있을 것이다

아이의 손이 젖은 종이비행기처럼 떨어진다

아이는 울어버린다

개구리도 벌써부터 울고 있다

미꾸라지의 언어

창자 터진 길 위에 넘치는 오물
소화되지 못한 차들이 늘어선 아침은
짤막짤막한 목숨들에 대한 연민이 생긴다
듬성한 붓솔로 밑그림을 그리는 가로수만이 한가로울 수 있
다
모여 노는 낙엽들을 밟으며 여자가 걷는다
종일 비가 내려 질척이는 땅을 여자가
곧게 걷는다
여자의 손에 들린 비닐 속에는 푸른 미꾸라지들이 몸부림친
다
미끌거리는 몸끼리의 끌어당김은 같은 극의 자석처럼 서로를
밀어내지만
서로 안으려고 안으려고만 애쓰는, 물살 따라 꼬이는 미꾸라
지에게
여자는 소금을 뿌릴 것이다
앓아누운 남편을 위해 붕어의 배를 툭 따버린 손으로
골고루 일상의 맛을 보여줄 것이다
여자가 빠른 걸음으로 걷는다
하늘과 가까운 쪽으로 가고 있는 남편의 입은 뱉아낼 줄밖에
모르지만

매운탕을 만들어야 한다 더는 남편이 가벼워지면 안된다고
생각하는
무죄의 여자는 표정이 없다 한길로만 가는 해처럼
해는 보이지 않는 곳에서도 여전히 지고
쉽게 굳을 것 같지 않은 땅 모퉁이에 낡은 모자의 주인은 오
늘도 웅크리고 있다
겸 값도 못해 부끄러움에 단 동전이 사람들 속, 여자를 응시
한다
눈을 담갔다 빼는 여자의 손에서 미꾸라지가 더 요란히 움직
이고
연민은 말줄임표가 된다
여자도 속을 비워내고 싶다 빈속으로 음악을 만드는 댓잎 떨
림으로 그러나
여자는 책장에 박힌 글자들 틈에서 살아왔으므로 울 줄도 모
른다
여자에게는 말줄임표와 마침표만이 늘어갈 것이다
꽉 죄인 비닐 속에서 노래부르는 미꾸라지를
끈적이는 땅 위에 확 쏟아 놓는다
점들이 홍건하다

밤낚시

어둠이 먹물 옷을 입혀버린 밤
물고기들도 강바닥으로 잠을 청하러 가고
물빛 드러나지 않는 강 위에 야광찌만이 알 수 없다는 듯 까
딱거린다
불평없이 촛불은 서성이며 가버릴 듯 말 듯
차츰 고이는 촛농처럼 눈안에도 눈물이 찬다
후두둑 떨어진다
7월 내내 어둠을 씹었지만 베어진 흔적 없이
입 안은 석류알처럼 고름이 들어앉았다
생활은 손쉬운 일거리가 아닌 줄 알면서도
질서가 있는 일에 질투를 했고
그럴 때면 언제나 질투를 태워주는 흰 초가 서 있었다, 장승
처럼
줄어든 흰 초의 키 위로 고슬 오르는 연기에 싸인 달
달빛은 늘 그 꼴이었고
난 악천후 속에서 가끔 드러나는 달처럼 창백한 채 발견되곤
했다
오늘, 저 강 위에 슬그머니 뜬 달은 생소하기만 한데
저 달빛 아래에선 어망 속에 갇힌 고기들도
푸른 눈알을 감지 않고 퍼득이며 삶의 끈을 놓지 않는다

여기서 낚시꾼으로 앉아 있는 한 사람,
눈감아 버리려는 낚시꾼 앞에 보란 듯이
야광찌가 물 속으로 쑤욱 들어간다
처음부터 낚을 것은 없었다

김장을 담그는 마음으로

하늘이 계속 맑았을 것이다.

변함없이 내 손을 모두 주머니에 넣은 채 그림자의 길이를 재며 걷고 있었으니까. 그리고 매일 반복되는 일에 눌리지도 않았으니까.

일요일 아침은 일찍부터 겨울을 나기 위한 김장을 담그고 있었는데 지금 생각에 그 일이 그날의 예고편같이 느껴진다. 벌겋게 배추를 물들이던 매운 빛깔이 당선이라는 소식으로, 땅에 묻힌 독안으로 차곡차곡 쌓이던 배추는 곧 침잠해 들어가야 할 내 모습을 말하고 있었다. 멀리 떠남으로 가장 가까이 다가올 수 있음을 말이다. 휴일에 뛰어든 소식으로 나보다 좋아하는 가족들, 방을 어질러 놓고 나간다고 늘 잔소리를 하시던 어머니도 나의 흩어놓은 일에 처음으로 기뻐하시는 듯했다.

지금 나는 그날 당선소감을 썼어야 했다고 생각한다. 남은 기분이란 무겁고 답답하기만 하기 때문에. 오후가 되면서 김치찌개와 소주에 몸을 데우고 싶었던 나에게 누군가 서양음식으로 지나친 치장을 해주었었다. 지나친 배려의 딱딱함이 좀처럼 가시지 않고 있고, 자꾸 부끄러워지는 것이 숨어버리고만 싶다.

하여튼 깊이 감사할 일이다.

어설픈 작품에 빛을 던져주신 심사위원들께 감사드리며 당선이 지나친 배려로 남지 않기를 바래본다.

진지한 유희성

　이혜자 씨의 「계란말이」를 올해 시 부문의 당선작으로 결정한
다. 이분의 다른 작품 「12월의 은행나무」를 당선작으로 할 것인
가 하는 문제 앞에서 잠시 우리는 행복한 주저의 시간을 가졌는
데, 작품 전체의 완성도라는 면에서 「계란말이」 쪽이 안정되어 있
다는 결정을 그대로 지키기로 했다. 주방에서 일어나는 요리의 과
정을 세심하게 관찰하는 가운데 삶의 진실이 은근히 우러나고 있
는 좋은 작품이다. 시의 성공이 사물의 본질을 구체적으로 그려내
는 데에 있다면, 이 작품은 그러한 반열에 올라 있다고 할 수 있
다. 특히 계란의 관점에 앉았다가 다시금 계란을 묘사의 대상으로
옮겨놓는 가운데 일어나는 유머와 아이러니는 이 시를 아연 재미
있게 한다. 삶의 진지성이 예술 속에서 설득력을 얻고자 한다면,
거기에는 반드시 숨은 유희성이 동반된다는 사실을 지적해두고 싶
다. 그런 의미에서 이분의 다른 작품 「12월의 은행나무」는 지나
친 긴장감으로 시를 다소간 빽빽하게 만든 느낌이 있다.
　당선을 양보한 작품들 가운데에는 박국현 씨의 「칡술에서의 사
색」 등과 홍승우 씨의 「식빵에 내리는 눈보라」 등이 있는데, 전자
는 패기와 감수성이 돋보이지만 너무 추상적인 분위기를 떨구지
못해 아쉬웠다. 반면에 후자는 흥미있는 발상과 힘은 느껴졌지만,
시적 묘사의 매개물이 되어야 할 사물의 자리가 애매해 보였다.
당선자에게 축하를 보낸다.

심사위원 : 黃東奎 · 金柱演

장경복

본명 장영철.
1968년 서울 출생.
1994년 충북대학교 국어국문학과 졸업.
1994년 충청일보 신춘문예 시 당선.
1995년 서울신문 신춘문예 시 당선.
경기도 안성군 안성읍 연지리 1번지
Tel : (0334)675-6322

● 서울신문
전망 좋은 방

전망 좋은 방

눈을 뜨는 일도 밖을 살피는 일이다
자전거가 내리막에서 급하게 길을 긋거나
아이들의 고무줄놀이가 이곳까지 합창을 날려도
하늘이 가까워 위를 본다, 머리 위엔
길거리만큼 복잡한 햇살의 골목이 있다

떨어진 나뭇잎이 새로 난 신작로를 알려준다 그 도로의 끝엔
임종을 앞두고 화장을 하는 늙은 계절이 있을 것이다
오시지 않는 손님을 마중하러 사람들이 몰려갔다
몇몇은 구석에 숨어 담배를 피웠고 저들끼리 싸우는 축도 있
었다
연탄 실은 리어카가 그들을 가로질러 갔고
꼬마들이 검은 흔적을 찾아 비닐봉지처럼 날렸다
잘못 켜진 가로등이 창백한 낯빛을 숨겼다

보이는 것은 모두 숨으려 한다 언덕마다
노출된 숨결이 바람을 맞고 오는 동안 야위어갔다
저 혼자 흔들리는 빨래들 속에 피곤한 몸들이 채워질 것이다
겹겹이 채워도 커지지 않는 그림자들
엉킨 전선줄이 헛그물질을 한다 건져지는 것은

해마다 떠나리라는 잡초 같은 소문이었다

발 밑에 별이 깔리기 전에 바빠져야 한다
복잡한 햇살의 골목
급한 참새 한 마리 뛰어나오다
바람에 치여 떨어졌다

공터와 소나기
—— 믿음論을 믿음

사람들이 모여들자 그곳에 있던 공터가 좁아지더니 산만한 수인사와 알 만한 사람들의 눈웃음들이 아예 공터를 없애 버렸다 단상 위의 연사가 목소리를 가다듬는 순간에도 하늘은 범람하는 햇발이 작은 새들을 삼켜버렸고 형형색색의 옷차림들은 공터의 남은 미색을 감춰버렸다 연사의 오늘 주제는 믿음論이다

　　파란 하늘 아래서
　　마음을 감추어도 소용 없어
　　파란 것은 파라니까

스피커는 하늘로 향해 있고 연사의 믿음論은 하늘로 날렸지만 착지하는 것은 훌륭한 날씨였다 여인들의 실루엣 모자와 스카프, 사내들의 턱시도 정장과 지팡이, 그들의 신뢰는 계절이 만든 날씨와 날씨가 만든 자기 자신에 있는 듯했다

　　파란 것은 하늘뿐
　　마음은 하늘이 아니야

파란 하늘에 한평, 묘한 불신이 싹트더니 꾸역꾸역 뒤틀려

검회색의 비구름을 만들었다 하늘로 날린 연사의 믿음論은 풍
문처럼 불고 사람들은 술렁거렸다 연사의 믿음論은 더욱 치열
해졌지만 형형색색 군중들의 흩어짐은 약속된, 신실한 믿음 같
다 비구름이 연설문을 삼키고 믿음論을 감추어 버리자 공터는
다시 공터가 되었다

　　하늘은 본래 그곳에 있고
　　마음은 이곳에 있어

믿음論을 믿는 일이란 하늘에 풀어놓은 약속 같다
그리고 믿는 일이란
소나기가 공터를 만나는 일이다

산 그림을 기리다

산행이 잦아질수록 산은 점점 낮아진다
이 고장의 상징이었던 산은 고개를 숙여
사람들의 건물과 키를 맞추려 한다
난 어릴적 이 산에 올라 그림을 그린 적이 있었다
하늘과 집들이 너무 낮았던
(도화지의 지붕이 낮았으므로)
아이들이 날리던 연은 TV 안테나를 넘지 못했다
그때부터 산은 보이는 모든 것들을
모른 체하기로 했는지 모른다
내 그림에 산이 없었던 것처럼

나는 지금 그림을 그리지 않기 위해 산에 오른다
산 아래는 긴 터널이 뚫렸고 옆 고장이 가까워졌지만
한번 간 메아리는 다시 오지 않는다
산 정상까지는 도로가 생겼으므로
이제 산은 낮과 밤을 번갈아 자동차 엔진 울음으로 운다
곧 떠나기 위해 시동을 거는 것이다

나는 정말로 그림을 그리지 않기 위해 산 정상에 있다
눈썹처럼 생긴 검은 구름이 지상으로 천천히 내려오고 있다

높아지는 땅과 낮아지는 하늘 사이에서 산은 모든 것을 모른
체한다
　구름의 하강에 맞춰 천천히 눈을 감고 있는 것이다

왜 고개를 끄덕거리는가

소나기를 만나자 사람들은 모두 아래를 보고 뛰지만
땅에는 비를 피할 아무것도 없다
나는 신호등에서 비를 만났으므로 뛸 일 또한 없다
옆에 있는 여자가 몸서리를 치고
나는 왜 그것이 추억 때문이라 생각했을까
끔찍한 기억은 늘 갑자기 뛰어든다고
질서정연한 횡단보도 앞에서 누가 가르쳐 주었던가
이럴 땐 나도 추억 하나 끄집어 우산처럼 펴리라

1967년, 나는 태어나지 않았으므로 아무것도 못봤다
1977년, 흑백 TV가 나를 지배했으므로 아무 색도 못봤다
1987년, 매운 최루연기 가득했으므로 아무것도 못봤다
1997년, 아무것도 온 것이 없으므로 아무것도 못봤다
왜 내가 펴는 우산은 대만 있고 살은 없을까
사탕처럼 빨아 먹을 수 있는 꿈이나
꿈처럼 깨물어 먹을 수 있는 사랑쯤을
왜 추억의 우산 속에 슬쩍 접어두지 못했을까
왜 비오는 날의 바람처럼 신호등을 무시하지 못할까
왜 이제와서 자꾸 묻기만 하는가

비가 그치고 신호등은 파란 불로 바뀐다
나는 다시 스물일곱 살이고 모든 것이 정상이다
옆에 있던 여자의 발걸음이 상쾌하다
비를 맞은 건 땅뿐이다
나는 고개를 끄덕거린다

오랜만에 쓰는 詩

뒤돌아보면 내가 없고
앞만 보고 가는 등뒤에
가장 최근의 내가 있다

이쯤에서 펜을 놓았다 오늘 아침 나는 밥을 먹었던가 화장실
은 다녀왔던가 방금 나는 담배를 피웠는지 지나간 기억들은 잃
어버린 계절의 햇살 같다 다만 가장 최근에 나는 시를 썼던 것
같다, 시를 썼었다

생각없이 지나온 거리에 바람이 살고 있었구나
누군가 뿌린 전단 여러 장이 복잡한 삶을 날리고 있다
그곳을 나는 방금 과거의 터널처럼 지나왔다
그리고 내가 본 것은

무얼까 내가 본 것은. 나는 아무것도 못봤다고 쓸 수가 없다
받침이 떨어진 **모욕탕** 간판이나 글씨는 무사한 채 통째로 날리
는 전단이 그곳에 있었지만 정말 내가 본 것은 아무것도 없다
가끔씩 내 안에 부는 바람이 있어 나는 내 마음도 읽지 못한다
가장 최근의 기억은 그럴 때마다 까마득한 시간의 꿈을 꾼다

있을지도 모르는 낯선 곳의 우울한 사건들
늙은 개가 물고 가는 노인의 웃음 같은
밍밍한 흑백의 그림들
이런 방식의 상상력은 나를 당황케 한다

얼마나 다행스런 일이냐 당황은 나를 흔들리지 않는 척하게
한다 개가 대신 웃는 노인의 웃음을 나는 개의 웃음을 빌어 웃
는다 나는 노인의 웃음을 짓지만 짙은 주름의 고랑을 흐르는
세월이 없다 번듯한 미소 위의 당황은 얼마나 아름다운 척하는
지

굽은 길 위의 기억나지 않는 표지판은
나를 평평한 곳으로 안내한다
어제보다 먼 가장 최근의 기억들
바람 불지 않는 날에도
바람나 자리에 없는
고요한 황토 먼지 속에서 걸어나오는 나,
내가 지금 막 최근을 걸어나오려

한다, 나는 시쓰기를 아예 멈추고 지금 이 순간 시를 더듬어

과거의 나를 본다 마음 날리던 그 시절의 시는 비닐하우스의
풀처럼 흔들리지 않고 늙는구나 그곳, 나 없던 시절의 변명이
나 엄살 같은.

시 제목을 고민하다가 앓는 소리를 내고 그만둔다
항상 시를 쓰지만
정말 오랜만에 시를 쓴다

세탁소의 겨울

종일 다림질을 해도 생활은 펴지지 않았다
천정에 매달려 알맹이 없는 오후를 보내도
진열장 밖으로 험악한 바람만 흘렀다
오시지 않는 손님의 오래된 외출복
겨울은 더러워진 양복처럼 다시 입기 싫었다
늘어붙은 껌을 떼는 일도
흔적을 두려워하는 질긴 싸움이었다

아버지는 너무 일찍 탈색되셨다
나는 세탁이 되기 전에 뛰쳐나갔고
영등포역 육교 밑으로 기차가 달렸다
저 검은 여행의 먼지들
아직 죽지 않은 풀들이 떠나기를 주저하고
어둠이 내릴 무렵
돌아오는 길에 한 녀석을 때려 주었다
아버지 몰래 미싱에 헝겊을 대고
실선을 만들며 기차를 따라갔다
아버지는 저녁을 드시는가 보다
바다가 먼 내륙의 평원쯤에 가서 실이 끊겼다
영등포역에는 기차가 매일 떠났다

행복과 불행, 모든 것에 감사한다

　중학교 땐가, 내가 사는 동네에서 꽤 큰 우익단체가 주관한 반공 시 짓기 대회에서 최우수상을 받은 적이 있었다. 그때 나는 전교생들 앞에서 얼떨결에 훌륭한 시인이 되겠다고 떠벌였고 감당하기 힘든 박수를 받았었다. 십 년이 훨씬 지난 지금에야 그 약속이 얼마나 힘들고 선불렀던가를 알게 됐으니 신춘문예 당선은 다행중의 다행이다. 하지만 이 다행스러움에 불행이 존재하는데 훌륭한 시인이 되어야 한다는 것이다.

　시 쓰는 일의 훌륭함을 알기까지 십수년이 소비됐는데 훌륭한 시인이 되기까지 앞으로 얼마나 긴 인고의 시간이 필요할지 모를 일이다. 이 불행 속에서 또다시 다행스러운 것은 나는 평생 시를 쓸 것이라는 것이다. 지나가는 것과 만들어지는 것, 또는 다가오는 것들의 흔적과 징후들은 범상하고 지리멸렬하지만 나는 삶이라 불리는 이러한 것들을 따스하게 증거해 보이고 싶은 것이다.

　인생에 있어 행과 불행이 동시에 존재한다는 것이 얼마나 즐거운지 모르겠다. 나의 행복과 불행인 모든 것에 감사한다. 특히 늘 곁에 있는 내 시의 독자 미진과 곧 큰 일을 내기 위해 시의 뿔을 갈고 닦는 시동인 〈무소〉. 임보, 정효구 선생님, 심사위원 선생님들께 감사 드린다. 나보다도 더 문학에 대한 자부심을 지니신 부모님께도 이 기회에 머리를 조아린다.

다소 어눌한 목소리가 오히려 신선

우선 전반적으로 응모한 작품들의 질이 좋아졌다는 말을 하고 싶다. 예심을 거쳐 넘어온 작품 모두 상당한 수준을 갖추고 있었다. 전에는 뽑을 작품이 없어 고민을 한 때도 있었는데 이번에는 작품 세 편이 끝까지 남아 많은 생각을 하도록 만들었다. 기량면에서 본다면 다음에 언급하는 세 분의 작품 어느 것이 당선작으로 되었어도 좋았을 것이다.

우선 임동윤의 「대장장이의 노래」가 후보에 올랐다. 거의 흠잡을 데 없는 기법을 보여주고 있었다. 어디 하나 그럴듯하지 않은 구석이 없었다. 그리고 정초에 읽힐 신춘시답게 알맞게 건강한 자세도 갖추고 있었다. 그러나 바로 그것들이 흠으로 지적되었다. 자세히 살펴보면 모든 구석에서 상투적인 표현들이 숨죽이고 있는 것이었다.

염한결의 「운천리 길」도 당선작이 되기에 충분한 여건을 갖추고 있었다. 그러나 길이에 비해 담은 내용이 너무 빈약했다. 심사위원들의 생각에는 소제목 1과 2의 차이가 드러나지 않아 그들을 유기적으로 합치면 더 나은 작품이 될 것 같았다. 동봉한 작품들의 질 좀 떨어진다는 점도 심사과정에서 고려되었다.

장경복의 「전망 좋은 방(房)」을 당선작으로 뽑는다. 활달하지 못하고 때로는 어눌한 목소리까지 느끼게 해주는 작품이다. 「멋있는」 표현만 읽다가 보니 신선감이 느껴진다. 그러나 분명히 소외된 삶을 살고 있을 화자(話者)가 진부한 페이소스에 빠지지 않고 동적(動的)으로 세계를 보는 그의 의지가 행간에 숨어있는 것을 엿보는 순간을 이 시는 갖고 있다.

동봉한 「공사중」도 좋았으나 정초부터 「비속한」 표현을 선보일

필요는 없다는데 심사인 둘이 의견을 모았다. 독특하고 큰 시인이 되기를.

심사위원 : 朴成龍 · 黃東奎

김지연 김혜령 박미란 윤을식 윤지영
이병률 이은옥 이혜자 장경복

●
1995년 신춘문예 당선시집
●
초판 인쇄일 1995년 1월 15일
2쇄 발행일 1995년 4월 25일

지은이 • 김지연 외
펴낸이 • 김종해
펴낸곳 • 문학세계사

주소 • 서울시 마포구 신수동 345 − 5(121 − 110)
전화 • (02)702 − 1800, 702 − 7031∼3
팩시밀리 • (02)702 − 0084
출판등록 • 제21 − 108호(1979.5.16)
●
값 4,500원
●
ISBN 89 − 7075 − 069 − X 03810

한국현대시인선

*각권 값 3,000원

x

문학세계사   TEL.702-1800
FAX.702-0084
서울특별시 마포구 신수동 345-5 (121-110)

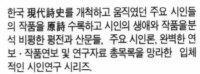